아테나
밀리건이클립스

에리
플래터 트리아나

노노

하츠미 요이치
Hatsumi Youichi

일러스트

kakao

최강노예상
낙인마법과 미소녀 함락

Saikyo doreisho no rakuinmajusu to bishojootoshi

STIGMA MAGIC OF
THE SLAVE TRADER &
DEGENERATE BEAUTIFUL GIRL

본문, 컬러일러스트   kakao

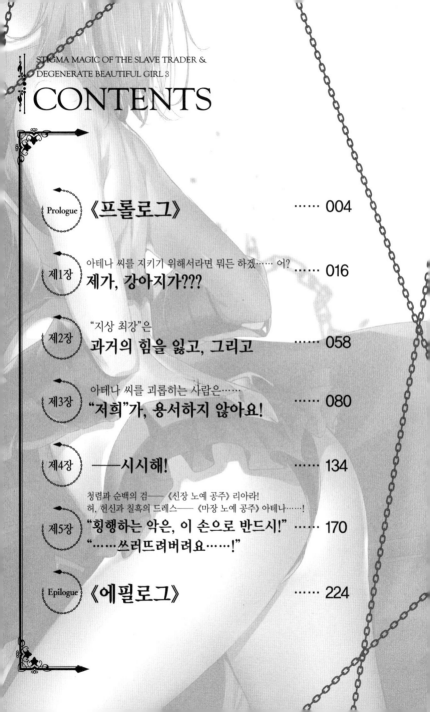

STIGMA MAGIC OF THE SLAVE TRADER &
DEGENERATE BEAUTIFUL GIRL 3

CONTENTS

《프롤로그》

Prologue

그 나라는 야심한 시간인데도 불꽃과도 달빛과도 다른 불빛으로 환하게 빛나고 있었다.

《마법 대국 엔테》──일곱 나라 가운데서도 특히 독자적인 '마법 기술'이 발달한 국가다.

마력을 비축한 기구로 조명 장치를 작동 시킨다. 다른 나라에서는 셀 수 있을 정도로밖에 볼 수 없는 기술도 이곳에서는 당연하게 보급되어 있는 것이었다.

그것은 사람들의 시선을 피하듯 만들어진, 이 어스름한 지하도도 마찬가지……지만, 마력의 빛에 비친 여자 노예의 옆얼굴은 눈부신 미모와는 달리 어둡게 가라앉아 있었다.

"으, 으으…… 어째서 내가, 노예가 되어서……."

과연 누가 상상할 수 있을까.

고귀한 얼굴에 어울리지 않는 누더기를 걸치고, 목줄을 차고 쇠사슬에 끌려가는 그녀가 일찍이 《신국의 보물》이라고 칭송되던 《공주님》이라는 사실을.

그녀야말로──리아라 아인스바하 페리노트 아리에스라는 것을──!

"큭큭큭. 자아, 귀여운 노예여, 빠릿빠릿하게 걸어라. 너무 질척질척 대면 벌로 '조교'해서 다른 의미로 질척질척하게 만들어버릴 거라고. 으헷."

그런 아름다운 《공주 노예》의 목줄을 잡아끄는 것은 추잡한 미소를 띤, 악독한 노예상…… 하지만 배어 나오는 기품을 숨길 수 없다고 할까, 추잡한 느낌도 영웅의 호색이기에 어쩔 수 없다고 할까, 나빠 보이는 구석도 그건 그것대로 와일드한 매력이라고 할까――.

"으으…… 제 주인님은, 천박한 말투가 엄청 어울리는, 천박한 녀석이에요…… 으으."

"이 녀석, 벌을 주마――! 가슴 주물주물!"

"흐갸――앗?! 아, 안 돼요, 크로노스…… 아, 아니, 주인님?! 히양♡"

리아라의 매우 훌륭한 양쪽 가슴을 주무르는 완전 미남 노예상(이론은 허락지 않는다)은 물론 크로노스였다.

《공주 노예》를 귀여워하는 크로노스의 뒤로는, 후드로 얼굴까지 가리고 두꺼운 옷을 껴입은 아테나도 호위처럼 뒤따르고 있었다.

그렇다, 크로노스 일행은 지금 셋이서 《마법 대국》의 중추 도시로 가고 있었다.

목적은 지극히 단순. 아테나를 노리는 괘씸한 녀석들을, 선수를 쳐서 처벌하는 것이었다.

청렴함으로 칭송받는 《신국 아리에스》조차 어둠이 있었듯이 《마법 대국 엔테》에도 당연하지만 어둠은 있다. 이 지하도는 공공연히 드러낼 수 없는 일에 손을 물들인 자가 이용하는 통로였다.

아테나는 침묵을 유지하고 있기에 주위에서는 남자라고 여길지도 모른다.

하지만 리아라는 탁월한 미모 탓에 주위의 주목을 모으고 말았다.

"헤헤헤, 저것 봐. 저 노예…… 엄청나게 상등품이잖아."

"데리고 있는 거, 아마도 크로노스인가 하는…… 노예상이면서 이미 뒷세계의 보스 같은 녀석이잖아? 여자 노예는 안 판다고 들었는데, 무슨 바람이 분 거지?"

"저 노예의 기량에, 크로노스라고? 그야 뭐, 격이 다른 거래이기도 하겠지. 정말이지, 참 대단하시다고~ 핫핫핫."

장소가 장소, 천박한 웃음소리는 오히려 어울리는 분위기였다.

굳이 공개적인 길을 피하여 이렇게 뒷길을 다니는 것은 사람들의 시선을 피하기 위해서였다. 특히 리아라와 아테나의 신분을 감추고 《마법 대국》의 중추 도시로 잠입하는 것이 핵심이었다.

그렇지만 근본적으로 고상한 리아라는 도저히 진정이 안 되는지 불안한 듯 크로노스에게 작게 속삭였다.

"으, 으으~…… 잠입을 하려는 거라고는 해도, 이런 곳을 다녀야만 한다니…… 정말로 괜찮아요? 크로노스으~……."

"후하하, 안심해, 리아라. 무슨 일이 있어도 내가 반드시 지켜줄 테니까. 뭐, 내 입장에서는 자랑스러운 《공주 노예》를 과시하는 것도 아주 나쁘지는 않은데."

"그, 그렇게 태평하게~…… 으으, 너무 걱정된다고요~…….."

리아라는 몸을 떨며 움츠러들고 말았……지만, 그런 그녀에게 갑자기 다가오는 남자가 하나.

"겟헷헷…… 겁먹은 표정도 참을 수가 없구나~ 어엉! 아무래도 교육을 제대로 받질 못한 모양인데에~, 나도 도와주겠다고오 오오~! 그에헤헤!"

"어…… 힉?! 시, 싫어——!"

검버섯 하나 없는 리아라의 부드러운 피부로 기름 낀 남자의 마수가 뻗었다——!

……다음 순간, '우둑' 하고 거슬리는 소리가 울리고 남자의 검지와 중지는 뒤집히듯 있을 수 없는 형태로 뒤틀려 있었다.

그렇게 한 것은, 당연히 크로노스의 오른손.

그렇게 된 장본인은 무슨 일이 벌어졌는지 모르고서 어리둥절했지만, 이윽고 아픔이 느껴졌는지 절규하기 시작했다.

"아, 아……. 아야아아앗?! 이, 이 자식?! 무, 무슨 짓을 하는 거——."

"무슨 짓을? 하냐고? 이봐, 벌레 자식, 네놈이야말로 대체 무슨 짓을 하려고 했는지 알고는 있나?"

"어, 어억……? 뭐, 뭐냐니, 고작해야 노예한테 손을 대려고 했을 뿐, 인데……."

"고작? 고작이라고? 역시나 벌레로군, 아무래도 사람께서 당연히 가지고 있어야 할 가치관조차 가지지 못한 모양이야."

크로노스 스스로 머리에 피가 오르고 눈에 핏발이 섰을 거라 자각하며, 천박한 남자의 미간을 손가락으로 쿡쿡 찌르면서 땅속 깊은 곳에서 울리듯 낮은 목소리를 난폭하게 내던졌다.

"벌레, 쓰레기 자식, 쓸모도 가치도 없는 부스러기. 어둠의 세계에서 자잘한 악행에 손을 물들일 수밖에 없는, 그것이 네놈이 다 얼빠진 찌꺼기. 그런 게 어째서, 이렇게 심신 모두 아름다운 노예를 '고작'이라 할 수 있나? 손가락 두 개로 그쳤다는 걸 관대하게 받아들이고 감사히 머리를 숙여라."

"뭐, 가…… 이, 이 자식, 계속, 무슨……!"

"이봐, 왜 그래. 얼빠진 낯짝이 유쾌하게 일그러져서, 땅바닥에 떨어질 것 같다고. 비켜, 방해되니까. 안 그래도 해악밖에 없는데, 이 이상 세상을 더럽히진 말라고."

"어, 억…… 으, 으그, 으으윽……."

부러진 손가락의 통증도 있을 테지만, 엄청난 매도에 남자는 그만 울음을 터뜨릴 것만 같았다.

하지만 그때 거칠게 소리를 내지른 것은, 조금 전까지 겁먹고 있었을 터인 리아라였다.

"자, 잠깐만요, 크로노스……가 아니라 주인님. 저는, 괜찮으니까요. 그보다도 말이 너무 심하다고요, 지나쳤어요. 움직이지 마세요…… 에잇."

리아라가 내민 양손이 온화한 빛을 발하자 뒤틀린 남자의 손가락이 순식간에 원래대로 돌아왔다.

또다시 남자는 넋이 나갔지만, 자신에게 벌어진 일을 이해하고는 금세 감사 인사를 시작했다.

"지, 지금 그건, 회복 마법……? 아, 아아…… 이런 저 따위에게, 그런 거창한 치료를 베풀어주시다니…… 이 어찌나 다정하신 분이신지……! 저따윈, 이제까지 아무도 다정하게 대해준 적이 없는 벌레인데…… 당신, 당신은 여신님이야!"

"아, 아뇨, 저기, 그건 지나친 말이에요! ……아, 손은 잡지 마세요. 만지는 건 안 되니까요. 그건 아니니까요."

"아, 예. ……으으, 다정하신데도, 어쩐지 절묘하게 싸늘하시고……!"

남자는 어째 복잡하게 우는 소리를 흘렸지만 아무래도 상관없었기에 무시하기로 하고, 크로노스는 기가 막힌다며 리아라에게 주의를 던졌다.

"정말이지, 리아라는 여전히 다정하고, 아름답고, 귀엽고, 절세의 미녀구나. 그런 달달한 얼굴만 보여주다가는 언젠가 발목을 붙잡힐지도 모르지만, 내가 있으니까 절대 그렇게 두진 않을 테니까! 정말이지!"

"으, 으으, 제멋대로 행동해서 죄송해…… 아니, 저기, 주의를 주는 거라고 생각했는데, 전혀 아니잖아요, 이건?! 그, 그보다도…… 아름답다든지 귀엽다든지, 너무 그런 말을 하지 말라니까요…… 으, 으으~."

"'조교'까지 당해놓고 아직도 그런 걸로 부끄러워한다니, 그런 부분이 귀엽다고. 그래도 뭐, 제멋대로 행동한 건 확실히 문제지만."

"예? 아, 역시, 죄송, 해요? 그, 그럼, 빨리 가죠──."

『──기다리시오!』

"후에?"

불러 세울 거라고는 생각도 못 하여 눈을 동그랗게 뜨는 리아라.

앞을 가로막은 것은 조금 전까지 더러운 눈빛과 말을 던지던 어중이떠중이 남자들.

무슨 착각을 했는지 정의감에 넘치는 눈빛으로 느껴지는데, 뭐 착각이겠지, 크로노스는 우선 이해했다.

"노예라고는 해도 여신처럼 다정하신 분을, 그런 못된 노예상의 수중에 둘 수는 없지…… 안 그러냐, 네놈들?!"

"오오! 저 아이를 노예상의 마수에서 빼앗아…… 우리 걸로 만들어버리자고!"

"그래! 그리고 너무도 아름다운 노예를 구해낸다면, 그 아이를 마음대로 할 수 있는 권리를 걸고 다시 우리끼리 싸우지 않겠나……!"

""""오오오오오오!""""

"어쩐지 구해주겠다고 그러는 것 같지만, 자세히 들어보면 쓰레기 같다고요─?!"

리아라는 충격을 받았지만 쓰레기장의 쓰레기는 결국 쓰레기, 크로노스가 보면 딱히 의외의 일도 아니었다.

뭐, 어쨌든 숫자로 밀어붙이려고 드는 어중이떠중이, 지만── 그 정도의 마수가 크로노스와 리아라에게 닿을 리도 없으니.

"어, 아, 어…… 기이이얏하아아아?!!"

유쾌한 비명을 울리며 제각각 좌우의 벽에, 시원스럽게 처박혀 버렸다.

그만큼 거친 일을 한순간에 해낸 것은, 크로노스를 따르는 귀여운 노예 중 하나인 아테나. 그녀 전용의, 귀이개를 거대화한 《노예 성구》를 사용한 공격이었다.

"후하하―, 역시 아테나야. 잘했어, 착한 아이구나, 그래그래."

"………………."

크로노스는 후드 안으로 손을 집어넣어 아테나의 머리를 쓰다 듬었지만, 말은 없었다.

아테나가 말을 꺼내지 않는 것에 의외라는 듯 고개를 갸웃거린 것은 리아라였다.

"? 아테나 씨, 평소라면 좀 더 기뻐할 것 같은데…… 어쩐지, 분위기가 이상한 것 같은데요? 아니면…… 마침내 크로노스한테 정나미가 떨어졌다든지?"

"아니야~, 무례한 《공주 노예》의 가슴을 주무를 거야~."

"헤――흐갸아아―앙?! 잠깐, 그만두라고오…… 아, 앙♡"

조교 덕택인지 리아라는 요염한 목소리를 억누르지 못했지만, 실제로 '정나미가 떨어졌다'라는 그녀의 표현은 틀렸다. 아테나도 황급히 고개를 가로젓고.

더더욱 다른 이유가 있다고, 크로노스는 이해하고 있었다.

"――뭐, 이런저런 이유가 있거든. 그보다도, 이제 출구는 얼마 안 남았다고."

"주, 주무르면서, 이야기를 하지, 마앗♡ ……으, 저, 정말, 이에요♡"

리아라의 부드러운 두 가슴을 마구 주무르며 계속 즐기는, 스스로 생각해도 마이페이스인 크로노스가 말했듯이 길 앞쪽에는 지상으로 이어지는 문이.

문을 열고 그 너머로 나아가자, 마침내.

"! 이곳이…… 《마법 대국 엔테》……."

리아라가 무심코 감탄을 터뜨린 것도 무리는 아니었다.

지상을 비추는 '마법 기술'의 빛은 지하도와 비교도 되지 않는 것은 당연. 하지만 밤이 깊었는데도 불구하고 마치 해가 떠 있는 시간 같은 밝기.

《마법 대국 엔테》의 중추 도시는 '밤이 없는 거리'라고 불리기도 하는데, 납득이 되었다.

역시나 심야인 만큼 다니는 사람은 거의 없지만, 두리번두리번 주위를 둘러보는 리아라에게 크로노스는 이야기를 건넸다.

"흠. 리아라는 《마법 대국》에 오는 건 처음이었나?"

"어…… 아, 아뇨. 외교를 위해서 몇 번은…… 하지만 대부분은 성에 방문했고, 신탁을 받아서 《공주님》이 된 뒤로는 국외로 나가는 일 자체가 거의 없었으니까…… 밤거리가 이렇게나 밝다니, 그게, 놀라버렸어요……!"

눈을 반짝이는 리아라는, 그렇다, 몇 번이나 말하지만──귀엽다. 엄청나게 귀엽다.

하지만 그녀가 이어서 아테나에게 말을 건네려고 한 참에, 느긋하게 있을 수만 없다는 사실을 깨달았다.

"저기, 아테나 씨는, 이 나라 출신이라고 할까…… 《공주님》이잖아요? 이렇게나 굉장한 '마법 기술'……? 아, 아테나, 씨?"

"……읏……읏, 하, 하으……으!"

후드로 가려진 입가에 한손을 대고 억누른 목소리를 흘리는 아테나. 후드를 뒤집어쓰고 있어서 숨쉬기 힘들다, 그런 문제가 아니었다. 이것은 좀 더 정신적인 것이었다.

휘청, 그만 쓰러질 뻔했던 아테나를──단단히, 크로노스가 힘차게 받아내자 리아라가 당황해서 소리 높였다.

"?! 아, 아테나 씨, 괜찮아요?! 아, 아테나 씨──."

"진정해, 리아라. 여기서 그리 멀지 않은 장소에, 우리가 숨을 예정인 저택을 마련해뒀어. 그곳에서 휴식을 취할 거야. 자, 좀 도와줘!"

"아…… 아, 예, 크로노스! 아테나 씨, 쉴 수 있는 곳까지 바로 데려다드릴 테니까요……."

크로노스의 재촉에 리아라도 아테나를 부축했다.

거친 숨을 내쉬는 아테나를 둘이서 걱정하며, 마력의 빛으로 환한 거리의 뒷골목을 조용히 나아가는 것이었다.

최강 **노예상**의

낙인 마법과 **미소녀** 함락

STIGMA MAGIC OF
THE SLAVE TRADER &
DEGENERATE BEAUTIFUL GIRL

Saikyo doreisho no rakuinmajutsu to bishojootoshi

제1장

아테나 씨를 지키기 위해서라면 뭐든 하겠…… 어

제가, 강아지가???

그들이 잠입처인 저택으로 아테나를 옮긴 지도 만 사흘이 지나려는 참이었다.

아테나 본인은 쓰러진 다음날 아침에는 일어날 수 있게 되었지만 걱정한 리아라가 배려한 결과, 신중을 기하여 행동을 삼가기로 한 것이었다.

이 저택에 도착한 뒤로 평소의 메이드 옷으로도 갈아입고 최상의 컨디션인 리아라.

오늘 역시도 아테나를 간병하려 한다……고 생각하자마자.

"──아테나 씨! 정말이지, 아직 일어나면 안 돼요! 쓰러질 뻔했으니까 제대로 안정을 취해야죠!"

당사자인 아테나는 저택 주방에 서서 한창 요리에 매진하고 있었다.

나무라는 리아라를 상대로 허둥대면서도 아테나가 대답했다.

"아, 아니야, 리아라 양…… 괜찮, 으니까. 그게, 몸 상태가 나빴던 건 아니고…… 기분의 문제, 인걸. 이제 괜찮으니까…… 알겠지?"

얌전한 성격인 아테나인 만큼 머뭇머뭇하는 말투는 평소 그대로.

하지만 리아라는 과민해졌는지 고개를 가로저어 부정했다.

"아뇨, 아직 어쩐지 안색이 나쁜 것 같아요…… 좀 더 주무세요. 자, 안심하고…… 요리라면, 제가 열심히 할 테니까요♪"

"히익?! 아, 아니야! 요, 요리는, 내가 하고 싶으니까, 그게."

"지금 어째 '히익'이라고 그러지 않았나요?"

의아한 듯 리아라는 고개를 갸웃거렸지만 "뭐, 기분 탓이네요!"라며 해석하고(긍정적), 아테나의 요리를 이어받으려고 했다.

"우후후, 괜찮아요, 맡겨주세요. 그야 뭐, 처음에는 서툴렀다고 생각하지만…… 최근 사흘 정도로 요령을 파악한 것 같아요♪ 그렇죠, 크로노스. 저, 조금은 능숙해졌죠—?"

그렇게 갑자기 말을 돌린 상대는, 그때까지 잠자코 보고 있던 크로노스.

귀여운 노예의 말에 크로노스는 하늘을 향해 엄지를 세우고, 리아라가 어젯밤에 만든 요리 남은 것을 비우며 웃음으로 대답해 주기로 했다.

"헉, 우억. 아아, 조금씩 우에엑. 실력은 올라가서 지도캐. 계속 이렇게 가면 언젠가 버허허헉, 요리의 달인이 될 가능성도 갓노우즈."

"크, 크로노스 님……?! 어째서 그런 이상한 신음소리를 흘리면서까지, 무리해서 억지로 드시려고 하는 건가요……?!"

"이, 이 몸의 귀여운 노예가 열심히 만든 걸, (다양한 의미에서) 멋진 주인님으로서 남길 수 있겠느냐. 게, 게다가 말이지, 정말로 조금씩 나아지고 있으니까. 구체적으로는 혀가 마비된 것처럼, 더 이상 맛을 알 수가 없다고 할까."

"그, 그건 진보하는 거라고, 말해도 되는 걸까요……?!"

허둥지둥 아테나는 당황했지만, 리아라는 그저 고개를 갸웃거

리며 의아해했다.

"으—응, 이상하네요—? 여기…… 포이즌 리저드가 물어뜯은 바위에서 채취했다는 '이빨 형태 소금'을 쓰면 어떤 요리라도 맛있어질 텐데요—?"

"오히려 그런 거, 어떻게 손에 넣은 거야……?! 아, 안 돼, 리아라 양…… 어쩐지 이제는, 모든 것에서 좋지 않은 기미를 느껴버린다고……?!"

"호에—?"

얌전한 아테나가 딴죽을 걸어야만 하는 것도 이상 사태지만, 그럼에도 리아라는 요리와 관련되면 격렬한 딜렁으로 변하는 느낌이었다. 뭐, 처음으로 홍차를 탔을 무렵의 일들을 떠올리면 그렇게 신기할 일도 아니지만.

하지만 뭐, 긍정적으로…… 정말로 엄청나게 긍정적으로 생각한다면 말이지만, 이렇게 딴죽을 걸 요소가 가득한 리아라 덕분에 아테나도 시름을 잊을 수 있었노라, 그렇게 말을 못 할 것도, 아닐지도?

살짝 반론의 여지는 있다고 생각하던 그때, 이 저택을 마련해준 사람이 말을 건넸다.

"오호호…… 크로노스 두목♪ 하고 리아라 님에 아테나 님, 지내시는 건 어떠세요? 불편한 게 있다면 뭐든 말씀해주세요~♪"

"꺅?! 아, 예…… 가, 감사합니다?"

리아라가 당황한 것은 아직 익숙하지 않은 상대니까……라는 이유만이 아니었다.

어쨌든 그녀는《마법 대국》의 인간이고, 그야말로 최근까지 적대한 상대인 것이었다. 그렇다,《용사 공주》에리와 동료들을 '천리안의 마법'으로 감시하던 것이 그녀였다.

그렇지만 이제는 크로노스의 귀여운 노예가 된《용사 공주》에리와 마찬가지, 그녀도 크로노스의 '조교'를 받고 노예로 전락했다.

그럼에도 당황을 느끼는 리아라에게, 이 저택의 주인이기도 한 감시자 그녀는 미소를 띠며 말을 건넸다.

"오호호, 리아라 님도 참, 그렇게 경계하지 마시라고요? 여러분과 마찬가지로, 이제는 크로노스 두목의 조교 없이는 견딜 수 없는 제 몸…… 배신한다든지, 절대 그러진 않으니까요♪"

"아뇨, 저는 견딜 수 있는데요. ……그, 그보다도 그게, 정말인가요? 그게, 당신의 입장에서는 조국을 적으로 돌리고 크로노스의 동료가 되려고 한 건데요……."

"물론이에요. 크로노스 님이야말로 정의다."

"정말로 괜찮나요, 이거?! 어쩐지 세뇌당한 것 같은데요?!"

리아라는 겁을 먹었지만 크로노스가 보기에는 상당한 완성도라며 만족.

게다가 이것은 필요한 일이야, 그러면서 크로노스는 리아라에게 설명해주기로 했다.

"뭐, 감시자인 이 아이를 붙잡은 채로 내버려 둘 수도 없었으니까. 이렇게 동료로 삼는 게 가장 빠르다는 이야기야. 게다가 뭐, 상대는《마법 대국 엔테》. 눈에는 눈을, 그런 거야."

"예? 눈에는 눈을, 이라니…… 에리 씨나 동료 여러분도 이용 당했던 걸 이야기하는 건가요?"

"응. 뭐, 그러네. 그도 그렇지만── 후하하, 차차 알게 될 거야, 신경 쓰지 마. 게다가 '천리안의 마법'은 편리하다고. 숨기에 도, 적의 모습을 살피기에도 말이야. 그녀 자신도 감시자 일을 했던 만큼 솜씨도 좋고. 자, 다음을 부탁하지─."

크로노스가 재촉하자 감시자 그녀는 자랑스럽게 웃고 인사한 뒤, 방을 나갔다.

낭비 없는 그 거동 역시도 감시자로서 익힌 것이리라. 그건 그렇고, 크로노스가 그녀를 빨리 물린 것에는 일 말고 다른 이유도 있었다.

그것은 리아라가 아테나에게 건네는 말에서도 전해졌다.

"아, 아테나 씨! 괜찮아요? 안색이, 또……!"

"웃……. 아, 아니, 괜찮아…… 괜찮으니까, 리아라 양……."

괜찮다, 그 말은 명백하게 허세임을 보면 한눈에 알 수 있었다.

크로노스나 리아라와 접하고 있을 때는 몰라도, 《마법 대국》의 인간이 가까이 있는 것만으로 아테나는 극도의 긴장 상태에 빠져 버리는 것이었다.

그런 아테나를 다정한 리아라가 내버려둘 리도 없으니 걱정하기 시작했다.

"아테나 씨…… 절대 무리하지 마세요. 괴로운데도 그렇게 무리를 하는 게 더 걱정이 되어요. 저는…… 크로노스도 아테나 씨를 정말로, 정말로…… 소중하게 생각하니까요."

"……리아라, 양……. 으, 응, 고마워—."

"요리라면…… 제가 확실하게, 해드릴 테니까요!"

"아니, 괜찮아 리아라 양……! 나…… 그 부분에 있어서는, 정말로, 정말로…… 무리하는 게 아니고, 반드시 마지막까지, 해낼 테니까……!"

"어, 어째서요—?!"

리아라는 곤혹스러워 했지만 아테나는 단호한 주장은 그야말로 지혜로운 결단. 크로노스의 위장에게도.

들키지 않도록 휴우, 크로노스가 배를 쓸어내린 그때—《통신 마법》을 통해, 최근에 새로이 '귀여운 노예' 동료로 들어온 절세의 미녀 목소리가 들렸다.

『—쿠, 쿠? 들리나? ……쿠?』

"오, 에리인가. 후하하, 《통신 마법》으로 대화하는 건 처음이네. 잘 들린다고—."

크로노스가 대답하자 에리에게도 전해졌으리라, 쿨한 이미지 그대로의 냉정한 목소리를 계속하여 보냈다.

『그래, 다행이네. 정시 보고, 노노한테 바꿔달라고 했어. 그래서 내가 하는 거야. 나…… 에리, 란, 피, 갈라테아. 그리고 노노와 루아. 도합 여섯 명, 어젯밤, 정당하게 정식으로 입국했어. 응, 예정대로네.』

《마법 대국 엔테》라는 한 나라를 상대로, 크로노스 일행 셋이서만 싸울 생각은 당연히 없었다. 다른 이들도 별동대로 활약할 예정이었다.

조금 전에 본 감시자 그녀의 협력도 있어서, 《마법 대국 엔테》 측에는 "《용사 공주》 에리는 목적을 달성했다"라고 전해졌을 터. 노노와 루아도 새로운 종자라는 명목으로 그쪽에서 함께 행동하며 '실전'에 대비하는 것이었다.

현재 순조롭게 일이 진행되고 있음을 이해한 크로노스가 에리에게 만족스러운 목소리를 보냈다.

"음음, 수완이 좋네. 대단하다고, 대단해. 후하하──."

『그러려나? 예정대로, 움직일 뿐. 딱히 대단한 일, 안 했어.』

"으흐흐, 여전히 쿨하구나, 에리는. 뭐, 그것도 좋은 점이지만."

『그래? 고마워. ……하지만 이 《통신 마술》…… 무척 편리하네. 놀랐어. 이 힘…… 응, 뭐라고 할까, 이거.』

크로노스와 만날 때까지는, 에리는 전장을 계속 뛰어다녔다. 《통신 마술》의 편리성에 혀를 내두르는 것일지도 모른다……고 생각하자마자, 이어지는 말은.

『어쩐지 쿠랑, 항상 이어져 있는 것 같아서…… 기뻐♡』

"──그헉! 지상 최강의 갭 모에 어택!"

역시나 '지상 최강'의 《용사 공주》 에리, 전투만이 아니라 말 한마디도 얕볼 수 없었다.

『?! 쿠, 괜찮아? 적의 습격? 도와주러 갈까? 쿠…… 어, 아니, 잠깐?』

크로노스는 자기 멋대로 대미지를 받고 있었지만 그 직후, 에리의 목소리에 끼어드는 형태로 친숙한 소녀의 목소리도 전해져서.

『여보세요, 크로, 들려? 크로랑 가장 길고 오랫동안 안쪽까지

흠뻑 이어져 있는, 노노야. 딱히 보고할 건 없지만, 달콤하게 속삭여줘. 신입한테만, 치사해.』

"오오, 노노인가. 질투를 하다니, 그런 모습도 귀엽구나. 물론 노노를 잊은 적 따윈 한순간도 없다고. 안심해, 후하하―."

『두근♡ 역시 크로, 노노의 약점, 잘 알아. 그럼, 무슨 일이 있으면, 당장 연락할 테니, 연락해줘. 야한 토크도 가능.』

『응, 노, 노노…… 내 '문장'이 아니라 자기 걸로 이야기했으면, 좋겠는데…… 배, 간지러우니까…… 히얏.』

마지막으로, 그 말 그대로 간지러워하는 에리의 목소리를 남기고 통신을 마쳤다.

에리는 '불감증'이었지만 이제는 훌륭하게 개선되고 있는 모양이라 참으로 다행이다.

자, 중요한 정시 보고를 진행하는 동안에 리아라와 아테나는 어떻게 되었느냐…… 아무래도 서로 타협을 했는지 둘이서 요리에 매진하는 모양이었다.

절세의 미녀이자 크로노스의 귀여운 노예들이 자아내는 참으로 흐뭇한 광경이었다――그리 말하고 싶지만, 허나.

"응, 그래, 리아라 양…… 조미료는 신중하게, 적당량을 조금씩…… 잠깐만, 잠깐…… 안 돼, 전부 넣으면, 안 돼?! 아니, 너…… 넣지 말고……!"

"예―? 그러면서도 사실은 넣어달라는 게 아닌가요―? 잔뜩 넣을수록 맛있어지는 것 같고…… 우후후, 어디, 잔뜩 넣어버려요 ～♡"

"아, 아니, 안 돼…… 이렇게나 넣으면, 죽어 버려…… 특히 이걸 남김없이 먹을 크로노스 님이…… 흐에엥……."

……어쩐지 요리가 아닌 것 같은 일을 하는 것처럼도 들리지만 여하튼, 어떻게 굴러가든 수라장인 듯했다. (피해는 주인님에게 쏟아진다.)

앞으로 맞이하게 될 커다란 위기를 생각하고, 크로노스는 귀여운 노예의 미소를 위하여 각오를 다질 수밖에 없는 것이었다.

■ ■ ■

타국의 저택에서 머무르는 것은 《신국 아리에스》 이후로 처음.

다만 《마법 대국 엔테》에 입국한 뒤로 일주일이 넘게 지나려는 오늘까지, 크로노스는 매일 밤 빠짐없이 하는 일이 있었다.

"좋아, 좋아. 아테나, 괜찮다고. 이 몸이 함께 있으니까."

"……응, 아으…… 예…… 크로노스, 님……♡"

아테나의 방에 들러서, 그녀의 침대 위에서 머리 전체를 감싸듯이 끌어안고 쓰다듬어줬다.

밤손님, 그렇게 말하고 싶은 참이지만, 색기가 있는 이야기만이 아니었다. 이 나라에 온 뒤로 아테나는 이렇게 해주지 않으면 잠들지를 못하는 모양이었다.

실제로 이 자리에는 리아라도 있었다. 처음 무렵에는 "아테나 씨가 약해진 틈에 크로노스가 심한 짓을 하지는 않을지 감시하겠어요"라며 실례되는 소리를 했지만, 지금은 크로노스와 함께 아테나를 달래주고 있었다.

"아테나 씨…… 그래요, 그래요. 저도 있으니까…… 괜찮으니까요, 알겠죠?"

"응…… 리아라 양도…… 고마워……."

리아라가 등을 쓰다듬자 아테나는 안심한 듯 미소 짓고 감사인사를 했다.

처음과 비교하면 상당히 개선된 편이었다. 아테나는 아테나대로 소극적인 성격이라 잠들지 못하더라도 자기가 나서서 말하려고 하지는 않았다.

금세 이변을 알아차린 크로노스가 살짝 억지로 지금 같은 일을 시작하고, 현재에 이르렀다.

처음에는 아테나도 몸이 굳어 있었지만, 지금은 완전히 딱딱한 느낌도 풀리고 온몸의 힘을 빼고서 크로노스에게 몸을 내맡기고 있었다.

아테나를 끌어안고 계속 쓰다듬으며, 크로노스는 아주 조금 감회 깊게 속삭였다.

"그래, 그래. 후하하, 하지만 그러네. 이러고 있으니까 갓 만났을 때가 떠오르네. 그 무렵에도 긴장해서 이야기도 못 했던 아테나를, 이렇게 매일 쓰다듬어줬지."

"앗…… 아으, 아, 예. 그 무렵에는…… 아니, 지금도 그게, 민폐만 끼칠 뿐이라…… 죄송해요, 으으…….."

"뭐ㅡ, 귀엽거든. 오히려 좀 더 응석을 부려도 될 정도라고?"

"하와…… 그런 이야기를, 하시면…… 멈출 수가, 없어져버려요…… 으♡"

앞머리로 가리지 않은 쪽인 왼쪽 눈이 황홀하게 녹아들고, 뜨거운 요염함을 머금었다.

하지만 그런 요염함으로는 깨치지 못한 순정 《공주님》 리아라는 머뭇머뭇 진지한 질문을 하려고 했다.

"아테나 씨랑 크로노스가 갓 만났을 때…… 저기, 그건 어떤…… 무, 물어봐도, 괜찮나요? 혹시 괴로운 일이……."

신경이 쓰이지만 아테나를 배려하는 마음은 잃지 않는다. 그런 리아라에게 컨디션을 점차 되찾은 아테나는 평소의 모성적인 미소를 띠고서 고개를 가로젓고 대답했다.

"아니…… 크로노스 님과, 만난 날은…… 무서운 일도 있었지만…… 하지만 있지, 괴로운 기억은 아닌걸. 크로노스 님과 만날 수 있었던 덕분에…… 말이야."

"그, 그런가요? 아, 하지만 억지로 이야기하진 않아도……."

"아니…… 틀림없이 나, 이야기하고 싶은 거라고, 그렇게 생각해…… 말로 들려주는 편이…… 마음이 편해져. ……그게 있지, 나는 말이야."

딱 한 번, 각오를 다지듯 틈을 둔 뒤.

아테나는 자신의 과거 처지에 대해서 이야기를 시작했다.

"나, 크로노스 님이랑 만나기 전…… 《노예》가 되어서 팔려나가려던 참이었어……."

■ ■ ■

이것은 《마법 대국 엔테》 공주로서의 삶을 받은 아테나가 크로노스와 만나기 이전, 당했던 처사에 대한 이야기다.

《마법 대국》에서는 그 이름 그대로 마법의 존재가 존중되고 강한 마력을 지닌 자일수록 숭배 받는 경향이 있다.

특히 《공주님》이 될 가능성이 있는 공주는, 마법 대국의 《초대 공주님》이자 마법의 달인이었던 《엔테》의 핏줄을 이어받기도 하여 강력한 마법을 지니고 태어나는 경우가 많았다.

하지만 아테나는 공주이면서도—— 선천적으로 마력을 가지고 있지 않았던 것이다.

'마법을 사용할 수 없는 마법 대국의 공주'는 그저 그것만으로 기이하게 여기는 시선을 받았다.

그래도 공주라는 신분, 겉으로 드러나게 박해를 당하는 일은 없었을 것이다.

하지만 아테나와 가까운 신분인 일부 공주들은 달랐다. 마법을 쓸 수 없는 아테나를 욕하고, 모멸하고, 때로는 걷어차는 경우도 있었다고 한다.

지금이 그렇듯 당시부터 발육이 현저하여 장신이고 눈에 띄던 것도 시선을 끌던 원인 중 하나일지도 모른다.

그것은 결국 지금으로부터 2년 전—— 노예로서 국외로 추방이 될 때까지 계속되었다.

추방의 이유는 아테나가 아는 한, 마법을 쓸 수 없는 자신이 '신탁'을 받아 《공주님》이 되어버리고 그것이 공공연히 알려지기 전에 '없었던 일'로 해버리기 위해서, 였다나.

어쨌든 아테나의 고향인 이 나라에서의 기억은 지독한, 너무도 지독한 것이라.

행복한 추억 따윈 무엇 하나 없이—— 아테나는 태어난 나라에서 쫓겨난 것이었다.

그리하여 노예로서 국외 추방된 당시에는, 아테나는 성별을 속이고 정체를 감추었다.

두꺼운 로브와 후드를 뒤집어쓰고, 누구 앞에서도 결코 살결 하나 드러내지 않고, 침묵을 계속 지켰다. 잘 수도 없어서, 다른 노예들에게서 떨어져 떨며 움츠려서 보냈다.

이미 남자에게 버금가는 신장이었던 아테나는, 처음에는 노예상의 눈을 속일 수 있었다.

그래도 결국 정체를 계속 숨긴 것은 사흘도 채 되지 못했다. 여하튼 노예상이라는 것은 사람을 다루고 사람을 보는 전문가라고도 할 수 있다.

안 그래도 미모의 소유자인 아테나. 자신의 몸을 지키던 의지가 되지 않는 로브를 그들은 간단히 걷어버렸다.

추악하면서도 욕심이 많은 노예상은——아테나의 몸에 '노예'

로서의 증표를 희희낙락 새기려고 했다.

『엣헤헤…… 떠맡은 뒤로 한마디도 안 하지, 덩치는 커다랗지, 터무니없는 결함품을 떠안았다고 생각했는데…… 설마 여자에다, 그것도 이런 상등품이라니! 왕궁에서 받는 루트라서 수상쩍었는데…… 잇힛힛, 생각지도 않은 걸 찾아냈다고……!』

『히익, 싫어…… 가까이 오지, 마…….』

『우오, 키가 큰 것치고 목소리도 이상하게 좋잖아, 응. 앞으로 가르칠 게 기대된다고…… 자, 그럼 우선은 이 녀석으로…… 자기 처지를 알게 만들어줄까~.』

사슬로 양손을 묶여서 매달린 아테나에게, 더러운 웃음을 띤 남자가 과시한 것은── 불을 지핀 난로에서 꺼낸 인두.

얼마 전까지 공주로서 세상 물정 모르던 아테나도 무슨 의미인지 알고 있었다.

노예의 증표를 새기기 위하여── 그 인두를 들이댈 생각인 것이었다.

『그, 그만……. 부탁이에요…… 그런, 거…….』

『아니, 이봐. 이런 건 시작일 뿐이라고? 진짜로 재미있는 건, 이게 끝난 다음부터니까 말이야…… 햣핫핫핫!』

"시, 싫어, 싫어…… 으, 으으…… 아…….』

공주였을 때조차 아무도 도와주지는 않았다. 노예가 되어버린 지금, 누군가가 구원의 손길을 건네는 일은 없겠지.

하지만, 그럼에도, 힘없는 소녀가 할 수 있는 일은 그것밖에 없어서.

『누가…… 도와줘…….』

그 공허한 바람은 연약하고, 가냘프고, 너무도 작은 속삭임 같아서.

그런 목소리를 들어주는 사람이 있을 리도 없다──.

그렇게 생각했건만.

『여어, 오래 기다렸지─! 실례하겠습다아아아아아!』

『핫하…… 허어어어엉?!』

『……후, 에……?』

지금 막 아테나의 눈앞까지 들이닥치던 남자가 등 뒤에서 옆구리를 걷어차여 공중제비와 함께 날아가더니 땅바닥을 굴렀다.

그리고 교대하듯 나타난 것은, 어쩐지 기품이 느껴지는 사나운 인상의 남성.

히죽, 미소를 띠는가 싶더니 뽑아든 장검으로 아테나를 구속한 사슬을 간단히 잘랐다.

『아…… 꺄, 악…….』

갑자기 구속에서 풀려나 아테나는 휘청거렸지만, 구해준 남성이 도중에 받쳐줘서 넘어지지는 않았다.

『이것 참, 때를 맞춘 모양이네.《마법 대국 엔테》의 공주님, 이지? 노예로 국외 추방되었다는 정보는 얻었는데, 도우러 오는 게

늦어져서 미안해. 도움을 청하는 네 목소리가 없었다면 백옥 같은 그 피부에 상처가 났을지도 모른다고 생각하니 정말로 오싹하네.』

『어…… 그, 그렇게나 작은 내 목소리…… 들렸어……?』

『당연하지. 아무리 작을지라도, 이만큼 초미성을 놓칠 이 몸이 아니지. 게다가 이런 절세의 미녀라면 더욱. 후하하.』

『후아…… 미, 미녀, 라니…… 그렇지는…….』

양손을 가슴 앞으로 맞잡고, 저도 모르게 뺨을 물들이며 머뭇머뭇하고 마는 아테나.

아슬아슬한 위기에서 달려와 준, 마치 왕자님 같은 그를——하지만 지금 막 걷어차인 남자가 일어서서 공포로 물든 목소리와 함께 손가락으로 가리켰다.

『이, 이 자식, 무슨…… 히익?! 너, 넌 설마…… 크, 크로노스?! 최근에 뒷세계에서 활개 친다는 그…… 노예상 크로노스?!』

『어? ……노예, 상……?』

믿을 수 없다, 그러면서 눈을 크게 뜬 아테나는 개의치 않고 크로노스라고 불린 그에게 남자는 계속해서 말을 던졌다.

『헤, 헤헤…… 네놈이 그 크로노스라면, 뭐가 어쨌다고! 여기가 어딘지 알고는 있나? 네놈 따원, 동료 전원이 멍석말이를 해서——.』

『——크로. 이 녀석들 일당, 전부, 정리했어. 궤멸. 쉽네, 쉬워.』

『……포에에에에……?』

갑자기 나타난 갈색 피부 소녀의 보고에, 더러운 목소리로 아우성치던 남자가 이상한 소리를 낼 뿐인 불가사의 생명체로 변해 버렸다.

한편 크로노스는 경쾌하게 웃으며 갈색 피부 소녀를 마구 칭찬했다.

『후하하, 역시 노노랑, 노노가 단련시킨 정예들이네. 잘했어, 노노는 정말로 내가 자랑하는 귀여운 노예구나!』

『! 으흐, 으흐흐. 이 정도, 당연. 그럼, 뒤처리, 제대로 하고 올게. ……그리고, 거기 쓰레기도, 가져갈게. 노노는 눈치가 빠른, 좋은 여자.』

『포에에…… 포에에에…….』

노노라고 불린 소녀는 그리 말하며 의문의 밧줄을 자유자재로 조종, 남자를 끌고 사라졌다.

남겨진 것은 아테나와 본인 역시도 노예상이라고 하는 크로노스뿐.

『흠, 대강 정리했네. 자, 그럼 중요한 《공주님》은, 어디.』

『……히잉…… 시, 싫어…….』

자신을 구해준, 왕자님처럼 생각했던 그는 노예상이었다.

그 사실에 아테나의 마음에는 또다시 절망의 그늘이 드리우고 말았다.

이번에야말로 끝이라고 눈물을 글썽이는 아테나에게 크로노스는 히죽 미소를 띠며 다가오고──…….

『──괜찮아.』

『…………어?』

다정하게 감싸듯이──끌어안아, 주었다.

이미 맺혀 있던 눈물이, 안쪽에서 밀려 나오듯 넘쳐흘렀다.

『아…… 나…… 으, 아아, 웃.』

공포 때문이 아니었다.

이제 와서 생각하면 믿을 수 없지만, 아테나는 철이 든 뒤로 이제까지.

이렇게 누군가에게, 다정하게 안긴 것은── 처음이었던 것이다.

『더 이상 무서워할 일은, 아무것도 없어. 괴로운 일도, 슬픈 일도, 아무것도. 이제까지 괴로운 일들뿐이었던 만큼, 앞으로는 반드시 좋은 일이 있을 거야. 나를, 믿어.』

『웃…… 아.』

힘차게 말을 던지는 그가 양 손바닥으로 다정하게 아테나의 고개를 들고.

『내가, 반드시── 행복하게, 만들어줄 테니까.』

아직껏 눈물을 계속 흘리는 왼눈에서 조금 옆에── 살며시 입맞춤했다.

따듯하다.

안아주는 그의 팔도, 이야기를 건네는 말도, 키스를 받은 부분도.

그것이, 처음 느낀 온기라. 그것이, 너무도 따듯해서.

『흐, 흐에엥…… 으, 아, 아앙……!』

아테나는 그의 가슴에 얼굴을 묻고── 어린아이처럼, 통곡했다.

■ ■ ■

과거 이야기를 마친 아테나는 괴로운 기억이었을 텐데도……
아니, 행복 쪽이 더 컸을까.《마법 대국》에 들어온 뒤로 가장 온
화한 표정으로 이야기를 계속했다.

"그렇게 나는 크로노스 님의《노예》가 되고…… 왼쪽 눈의 '문
장'을 깨달은 건, 함께 본거지로 온 뒤에야 간신히……. 그 무렵
에는 그게, 부, 부끄러웠지만…… 크로노스 님께 응석을 부릴 뿐
이라…… 으으."

"으, 읏…… 그, 그랬군요…… 아테나 씨이…….."

아테나는 부끄러워했지만 리아라는 지극히 감격했는지 눈가에
눈물을 머금고 있었다.

그렇게까지 거창하게 반응하자 아테나의 얼굴은 더더욱 붉게
물들었지만, 그래도 말은 멈추지 않았다.

"그리고 한동안…… 이런 식으로 크로노스 님께서 잔뜩 쓰다듬
어주시고…… 차분해졌을 무렵, 나도…… 내 안에서 하고 싶은

일 같은 게, 떠올라서……."

"응, 응응, 좋네요, 아테나 씨. 이제까지 괴로웠던 만큼, 뭐든——."

"내 쪽에서 크로노스 님의…… 응석을 잔뜩 받아줬으면 좋겠다고……♡"

"바, 반대로요~?"

그저 다정함을 누리는 것만이 아니라 갚아주려는 것도 아테나의 의로움이라고 할까, 강한 모성 본능의 조화라고 할까.

그런 아테나를 계속 쓰다듬으며, 크로노스는 가볍게 웃으면서 당시의 일을 떠올렸다.

"으흐흐, 아테나는 이해가 빨랐으니까 말이야. '조교'에 대해서 시범을 섞어서 가르쳐도, 처음에는 당황하지만 금세 즉각적인 전력이라 부를 수 있을 만큼 (다양한 의미로) 성장했지. 이런, 걱정하지 마, 리아라. 너도 완전 변태의 재능은 지지 않으니까!"

"크로노스의 기본 장비로 후려쳐도 될까요?"

"'그거' 내 걸 본떴으니 복잡한 기분이 들 테니까 참아줘."

따귀라면 그래도 포상으로 여겨지지만 아무리 그래도 그건 고문입니다.

자, 그건 그렇고, 지금의 아테나는《마법 대국》에 입국했을 당시의 긴장 상태는 상당히 완화된 듯했다.

"음음. 이제 아테나도 상당히 차분해진 모양이네. 좋——아, 그렇다면 슬슬 다음 단계로 계획을 진행해도 괜찮겠지?"

"헤? 크로노스, 다음 단계라니…… 무언가, 행동을 벌일 생각인가요?"

고개를 갸웃거리며 묻는 리아라에게, 크로노스는 흔쾌히 고개를 끄덕이고 시원하게 단언했다.

"'조교'야, '조교'. '조교'하는 거야."
"농담이죠?"

리아라는 믿지 못하는 모양이지만, 헌데 어쩌나, 매우 진심이었다.

크로노스의 의협심 넘치는 본심(본인 이야기)을 느꼈는지, 리아라는 두려워하며 아테나를 염려하려 감싸려고 했지, 만.

"아니, 정말이지, 그런 분위기가 아니었잖아요?! 아무리 상태가 좋아졌다고 해서, 지금 아테나 씨한테 그런 걸 하게 둘 수는 없어요! 그렇죠, 아테나 씨?!"

"조, '조교'…… '조교'라니, 세상에……."

"봐요! 이렇게나 무서워하고…… 역시 안 돼──."

"저, 기뻐요…… 크로노스 님을 위해서라면…… 뭐든 하고 싶어요……♡"

"으고──?! 아, 아테나 씨, 진심인가요?! 아직 아픈 거죠─?!"

리아라는 진심으로 걱정하는 모양이지만 당사자인 아테나가 의욕이 넘치니 막을 방도가 없었다.

허둥지둥 동요하는 리아라에게 크로노스는 차분하게 이야기를 건넸다.

"이것 참, 지금 다른 사람만 걱정할 때야? '조교'는 아테나만이 아니라 리아라도 받는 거라고?"

"윽. 그, 그럴 거라고 생각도 했고, 알고 있어요! 아테나 씨만 무리하게 둘 수는 없으니까요, 으으음~…… 그래서 대체, 뭘 할 생각이죠?!"

"후하하, 좋은 각오야! 자, 그러네, 이번에는──큭큭큭."

크로노스가 의미심장한 웃음을 흘리자 리아라는 좋지 않은 예감을 느꼈는지 몸을 떨었지만──그건 아마도, 확실한 정답.

"리아라와 아테나는── 강아지가 되어주겠느냐! 후하하─앗!"

"……헤? 제가, 강아지? ?? 아테나 씨도?"

뭐가 뭔지 모르겠다, 리아라는 그런 모습이었지만 허나.

"크로노스 님의, 강아지…… 응, 큿…… 끄으~응……♡"

아직도 계속 크로노스가 쓰다듬고 있는 아테나는, 이미 기쁜 듯 울음소리를 흘리고 있었다.

■ ■ ■

크로노스가 리아라와 아테나에게 '조교 선언'을 한 뒤, 준비를 위해서 하루를 소비하고.

이날 심야, 마침내 '조교'를 강행하기로 했다.

이곳은 《마법 대국》의 중추 도시에 몇 곳인가 존재하는 공원 중 하나.

인기척이 없는 이 장소에서 크로노스는 귀여운 노예인 리아라와 아테나를── 아니, 귀엽고 귀여운, 자신이 자랑하는 강아지를 데려온 것이었다.

"으, 으으…… 크, 크로노스, 진심인가요? 이런 밖에서, 진심으로…… 이런 모습으로, 돌아다니라고?"

리아라가 평소의 노출 많은 메이드 옷인 것은 마찬가지지만, 부끄럼쟁이인 아테나에게도 비슷하게 노출도 높은 옷을 특별히 곁들였다.

하지만 리아라가 걱정하는 것은 그것만이 아닐 것이다. 지금, 그녀의 머리에는 강아지 귀 카추샤가 달려 있고 사슬에 이어진 목줄을 찬 상태였다.

이런 장면을 생판 남이 보기라도 한다면 시끄러워질 것은 명백했다. 하지만 잠입 중인 신분으로 그런 멍청한 짓을 간단히 저지를 크로노스가 아니었다.

"안심해. 너희 둘에게 채운 목줄이랑 카추샤는, 새로운 《노예 성구》야. 그리고 《몽마향》을 개량하고 환각 작용을 집중시킨 《노예 성약》── 이름하야 《환각향》도 이용하고 있으니까 말이야. 살짝 달콤한 향기가 나잖아?"

"화, 확실히, 나긴 하지만…… 설마 이걸로, 우리의 모습이 바뀐다고?"

"음. 뭐, 정확하게는 우리 말고 다른 사람한테는 리아라도 아테나도 귀여운 강아지로 보이게 된다는 거야── 게다가 말까지 감출 수 있다니 뛰어나지. 큭큭큭."

"윽, 그렇게 이야기해도…… 저희한테는, 평소 그대로로, 보이는데……."

상황이 상황이었다. 설명을 듣고 곧바로 납득, 그럴 수는 없는 것이리라.

아테나 역시도 크로노스의 등에 달라붙으며 쭈뼛쭈뼛 허벅지를 비볐다.

"크, 크로노스 님…… 저도, 아무리 그래도 이건…… 부끄러워요……."

"응~? 아마도 아테나는 날 위해서라면 뭐든 하고 싶다, 그렇게 말해줬지? 그건 거짓말이었나? 그렇다면 슬프다고~ 나는."

"아, 아으…… 그런, 아아…… 어, 억지스러워요…… 응♡"

어쩐지 몸부림치고 요염한 숨소리가 들리는 것 같은데, 뭐 기분 탓이겠지.

하지만 리아라는 아테나의 몸 상태가 좋지 않다고, 너무도 적절한 통찰력에 따라 탐지하고 감싸듯 말했다.

"큭…… 알겠어요! 우선은 제가, 앞으로 나설 테니까요! 아테나 씨는 무리를 시키지 마세요! 가…… 갈게요!"

"어라어라? 강아지가 두 다리로 걷다니, 이상하지 않나? 아무리 남들한테는 강아지로 보인다고 해도, 그런 부자연스러운 모습이라면 소란이 벌어질 거라고?"

"뭐, 크, 크로노스, 당신은…… 이 어쩌나 지독한 사람……! 아, 알겠어요! 소, 손을 짚고 걸으면, 되잖아요……."

굴욕에 얼굴을 찡그리며 손을 땅에 대고 무릎을 꿇으려 하는 리아라……를, 크로노스는 도중에 막고.

"이것 참, 잠깐만. 그대로면 손바닥이랑 무릎에 상처가 생기잖아. 얇지만 튼튼한 장갑이랑 보호대가 있으니까 제대로 차."

"으으으…… 절묘한 배려심은, 어째서 좀 더 다른 방향으로 발휘하지 않는 건가요……."

어쩐지 굉장히 지당한 소리를 들은 것 같기는 하지만, 크로노스가 충고했다시피 리아라도 아테나도 각자 장갑과 무릎 보호대를 차고, 그리고.

마침내, 마치 강아지처럼…… 네 발로 엎드려서 걷기 시작했다.

"웃, 웃! 으, 아…… 크로노스, 저기…… 너무, 보지 말라고요……?"

리아라의 불안은 당연하고, 무엇보다도 그녀가 생각한 그대로이리라.

원래부터 길이가 짧은 치마였다. 네 발로 엎드려서 걸으면 어떻게 되느냐.

아테나가 무리하게 두지 않겠노라, 앞을 걸어가는 것도 문제였다.

좋은 엉덩이로 정평이 난 루아에게도 뒤지지 않는, 리아라의 사랑스럽고도 훌륭한 엉덩이가 시야 아래에서 살랑살랑 흔들리고 있었다.

너무 보지 말라고 리아라는 그랬지만, 하지만 크로노스는.

"후하하, 이 몸의 소중하고 소중한, 귀여운 너희들에게서 한순간이라도 시선을 뗄 리가 없잖아. 보고 있어, 빤히, 빠~~~안히, 말이야. 큭큭큭."

"으, 싫어…… 야, 야해. 크로노스는, 야해요…… 그런데, 그런데 어째서, 저는…… 소중하다고, 그런 말을 들은 것 정도로, 기뻐서…… 으, 으으~♡"

"이런, 귀여운 목소리로 신음하고 있을 때인가? 뒤쪽만 신경쓰는 사이에, 저기 봐──앞에서 누가 온다고?"

"예? ……히얏?! 말도 안 돼, 싫어……?!"

거의 인기척이 없는 공원에서 처음으로 만난 사람. 붉은 얼굴로 휘청거리는, 아무래도 주정뱅이인 것 같은 남자는 이쪽을 알아차리고 소리 높였다.

"히끅…… 어엉? 뭐야뭐야? 이런 시간에 강아지 산책이라니, 태평하시네. 나는 일하고 집에 가는 길인데 말이야…… 히끅."

"웃. ……저, 정말로 저, 강아지로 보이는 거군요…… 그래도 어쩐지 차분해지질 않는데요……."

리아라는 네 발로 엎드린 채, 긴장한 기색으로 시선을 두리번두리번 움직이고 있었다. 그러자.

주정뱅이가 갈지자로 걸으며 휘청휘청 리아라 쪽으로 다가오려 하고.

"헷헷헷, 자세히 보니 묘하게 기품 있고 훌륭한 강아지잖아. 어디, 잠깐 만져줄까. 나, 이래 보여도 강아지 상대는 잘하는 편이거든, 헷헷."

"어. ……싫어?! 오, 오지 말아요! 만지지 마——."

뒷걸음질 치며 싫어하는 리아라에게, 그럼에도 주정뱅이는 따라와서 억지로 손을 뻗는데——!

……그래서 주인인 크로노스가 다정~하게 제지해주기로 했다.

"이 자식, 꺼지라고! 쓰레기 자식이 이 몸의 귀여운 강아지한테 뭘 하려는 거야, 벌레 놈이! 손가락 하나라도 댔다가는 그 자리에서 잘라버릴 거라고오오오?!"

"어어어어어어?! 고작해야 강아지를 만지려는 것뿐인데, 어째서?! 세상에 어째서?!"

"고작해야, 라고 그랬냐 인마아아아——?! 네놈 지금 당장 이 몸의 시야에서 사라지지 않으면 어떻게 될지 모른다고오오! 꺼져, 꺼져버려라아아——!"

"히이익?! 도저히 영문을 알 수 없어서 무셔! 갸아아아?!"

크로노스의 너무도 다정한 제지에 주정뱅이는 구르듯 도망쳐버렸다.

리아라는 이렇게 보호를 받았건만, 어리둥절 넋이 나가버렸다.

하지만 금세 헉, 정신을 차리고는 쭈뼛쭈뼛 크로노스를 올려다봤다.

"저, 저기, 크로노스…… 아니, 애당초 이런 일을 시키는 크로노스 탓이니까 감사 인사를 하는 건 이상하지만…… 고, 고마워요?"

"홋, 신경 쓰지 마. 이 몸의 귀여운 노예, 그리고 지금은 강아지를 지키는 건 주인님으로서 당연하니까. 그래그래."

"앗, 꺅…… 저, 정말이지, 크로노스도 참, 또 갑자기 쓰다듬고는…… 응♡"

리아라의 부드러운 뺨에 손을 대자, 그녀는 불평을 하면서도 그야말로 강아지처럼 손길에 뺨을 비볐다. 주정뱅이한테는 크나큰 거부 반응을 보였는데.

상당히 완성되었을지도 모르겠다고 크로노스가 '조교' 진행 상황에 만족하고 있는데, 더더욱 뒤쪽에서 경쾌하게 달려오는 소리가 들렸다.

"어…… 꺅! 크, 크로노스 님…… 뒤에서, 누군가가……."

"후욱, 후~욱…… 어라? 이런 늦은 밤에, 강아지 산책인가, 우후후♡ 귀~여워♡"

말을 건넨 것은 위아래 모두 가벼운 차림인, 어쩐지 묘하게 요염한 여성. 건강을 위해서라기보다 미용이나 체형 유지를 위해서 운동 중이라고 하면 딱 이해가 되었다.

땀으로 젖은 옷이 몸에 찰싹 달라붙어서 건강한 색기마저 자아냈다.

그렇지만 이런 늦은 밤에 여성이 혼자, 수상쩍었다. 엄격한 것으로 정평이 난 크로노스는 그녀에게 엄하게 대하기로 다짐했다.

"핫핫핫, 이런 야심한 시간에 미인이 혼자서, 위험하다고? 어디 나~쁜 남자한테 노예로 잡혀버려도 이상하지 않으니까 말이지~?"

"앙♡ 싫어라, 미인이라니~♡ 게다가 노예라니, 재밌는 농담이야~♡"

크로노스의 정도라고는 없는 엄한 꾸짖음이 가슴에 울렸는지 꾸물꾸물 하는 여성.

아니, 너무 울리고 만 것일지도 모른다. 여성은 강아지들에게 시선도 주지 않고, 크로노스를 목표로 정하고 요염함을 머금은 눈빛을 보내며 아양을 떨었다.

"으흥♡ 있지있지, 이런 밤늦은 시간에 강아지 산책뿐이야……? 혹시 아까 그 노예라는 거…… 음란한 의미 아니려나~♡"

"이런. 후하하, 꽤나 적극적인 누님이네. 그쪽이야말로 혹시 욕구불만이라든지, 그런 거 아닌가~?"

"응~, 그렇다고 하면…… 어·떻·게·할·래? 자세히 보니 늠름한 것만이 아니라 의외로 귀여운 얼굴이고…… 있지~, 조금 즐기지 않을──."

가벼운 차림으로 감싸인 몸을 꾹, 더욱 밀어붙이려고 한──다음 순간.

"……으──웃, 멍! 크, 크로노스 님한테서~…… 떨어지세요! 머, 멍멍…… 멍─!"

마치 강아지처럼…… 아니, 지금은 강아지였다. 어쨌든 그 얌전한 아테나가 끼어들어서는 크로노스로부터 여성을 떼어내려고 했다.

"어? 꺄악?! 뭐, 뭐야, 이 아이, 갑자기…… 질투일까? 괜찮아~, 지금부터 잠깐, 즐거운 걸 할 뿐이지~……."

여성의 시점에서 보자면 강아지에게 변명을 하는 묘한 상황이리라.

하지만 위협하는 아테나에게 가세하듯 리아라도 크로노스 옆에 붙어서 짖기 시작했다.

"헉…… 그래요, 떨어지세요—! 으—, 멍! 멍멍머—엉! 이에요!"

"그래…… 크로노스 님은…… 우리, 주인님인걸, 멍!"

"그래요, 저희 주인님은 절대로 넘기지 않아요! ……응?! 저, 지금 뭔가 너무도 부끄러운 소리를?! 으, 으읏…… 멍머—엉?!"

리아라는 미묘하게 들리지만 결과적으로 함께 짖는 모양새가 되어——유혹을 시도하던 여성은 당황한 듯 내쫓기는 모양새가 되었다.

"저, 정말이지~, 뭐야~…… 그, 그렇게 짖을 건, 없잖아~! 알겠어, 알았다고! 귀여운 강아지랑, 사이좋게 지내면 되겠네~! 으에~엥!"

뭐, 그거야 굳이 말 안 해도 그럴 생각이지만.

그렇게 여성이 떠나고 다시 조용해진 공원. 크로노스 양옆에서 허리 즈음에 달라붙어 아직도 계속 경계하는 귀여운 둘에게, 크로노스는 이야기를 건넸다.

"으응. 응~, 뭘까. 이렇게나 사랑받으니 역시나 부끄러워지네. 그렇게나 나를 뺏기는 게 싫었나? 핫핫핫."

"으으~…… 으? ……헉?! 아, 아뇨, 이건 말이죠?!"

헉, 그렇게 당황한 리아라가 "앗" 하고 뭔가 떠올린 듯 항변했다.

"아, 아니에요. 애당초 이곳은 적지. 아무리 잠입 중이라고는 해도, 어쩌면, 그게…… 그래요, 자객이라든지! 위험한 상대일지도 모르잖아요?"

"호오. 과연, 확실히 리아라의 말이 맞네. 역시 똑똑하구나, 그래그래."

"후에? 아, 아뇨, 그런 건…… 에, 에헤헤♡"

간단해라. 어, 아니, 실례되는 이야기였다. 리아라는 정말로 간단하구나, 크로노스는 그렇게 생각했다. (표현을 고치지 않았다.)

그렇지만 리아라의 걱정도 타당했다. 다만 크로노스는 노예상이라는 이유 이상으로 사람을 보는 눈에는 절대적인 자신감이 있었다.

그렇기에 단언할 수 있었다. 아까 그녀가 어떤 인물인지.

그녀는 자객 따위는 관계없는, 그저──엄청난 변태다──!

어쩐지 모르게, 다시 한번 반복한다. 그저 변태──엄청난 변태 누님인 것이다──!

뭐, 그렇다고 해서 리아라와 아테나보다 우선시하는 일은 있을 수 없지만.

크로노스가 그런 생각을 하는 사이, 리아라 반대쪽에서 아테나가 머뭇머뭇.

"저, 저기, 크로노스 님…… 저는, 아까…… 크로노스 님의 이야기…… 부, 부정하지 않을 테니까……요♡"

"――――――."

달콤하게 울리는 미성은 마음을 꿰뚫는 벽력같은 일격――!

크로노스는 그만 승천할 뻔했지만, 땅에 다리를 내디뎌 아슬아슬한 지점에서 몸을 버텼다.

"――하으아! 후우, 위험해라, 위험해. 아테나는 항상 멋진 일격을 선사해주는구나. 정말이지, 많은 의미로, 장래가 두렵다고?"

"어, 어……? 저, 저, 무슨 이상한 소리, 해버렸나요……?"

아무래도 조금 전의 발언은 자연스럽게 나온 것이었는지, 아테나는 허둥지둥 당황했다. 어쩐지 강아지 귀가 축 늘어진 것처럼 보이는 것이, 강아지 스타일, 아테나에게 너무도 잘 맞는 느낌이었다.

뭐, 그건 제쳐놓고, 이 '조교'에 대해서 만족스러운 결과는 얻었다.

그에 담긴 진의를, 크로노스는 의미심장한 웃음과 함께 밝혔다.

"자――, 어쨌든 이 '조교'는 대성공이었네. 아테나, 알아차렸어? 강아지가 되었다고는 해도, 아테나는 지금 《마법 대국》의 인간을 상대로도 무서워하지 않고서 맞섰다고."

"예……? ……앗?! 그, 그러고 보니, 저……."

"막 입국했을 때는 그저 그것만으로도 쓰러질 뻔했을 정도였는데 말이야. 물론 '문장'에 힘을 싣는 것도 목적이지만── 트라우마도 조금은 완화되지 않았나?"

물론 단번에 모든 것을 불식시킬 수 있을 만큼 단순하지 않다는 사실은 크로노스도 이해하고 있었다.

바로 그렇기에, 조금씩. 조금씩이면 된다고, 크로노스는 웃었다.

그러는 사이에 아직 예의 바르게 일어서지 않은 강아지 리아라가 그들을 올려다보며 미소 지었다.

"크로노스, 강아지로 만든 건 과하다고 생각했는데…… 아니, 뭐, 지금도 그렇게 생각하고 거친 치료에도 정도라는 게 있겠지만…… 제대로 아테나 씨를 위한 일이었군요. 뭐, 불평도 엄청나지만…… 역시, 대단해요♡"

"어쩐지 무지하게 걸리는 말투이지만, 뭐, 당연하잖아? 내가 이 몸의 귀여운 노예를 생각하지 않는다니, 그런 일은 한순간도 없으니까. 후하하──앗!"

드높이 웃음으로 마무리 짓자 "정말이지"라며 어이없는 듯, 하지만 미소를 띠는 리아라.

아테나 역시도 꼬옥, 허리에 안겨들어 기쁜 듯 뺨을 비볐다.

이제는 멋들어지게 완성된 귀여운 노예 둘을 거느리고 크로노스는 대만족하여 저택으로 돌아가기로 했다.

──물론 리아라와 아테나는 멍멍 스타일 그대로──!

■ ■ ■

　그들이 저택으로 돌아가는 도중에는 리아라도 아테나도, 제대로 이족보행으로 걸으려고 했다. 어쩔 수 없는, 그대로 내버려 둘 수 없는 이유가 있는 것이었다.

　구체적으로는 "아무래도 피곤하다"라는 것과 새삼스레 "부끄럽다"라는 사실을 깨달았기 때문이었다.

　살짝 아쉬웠던 크로노스, 불만을 솔직히 입에 담았다.

　"정말이지, 도중에 제정신으로 돌아와 버리다니 아쉬운 이야기네. 게다가 피곤하다면 안아 들어서 가주겠다고 그랬는데. 주인님으로서."

　"그러니까 그거 『부끄럽다』는 부분이 해소가 안 되니까요?! 아, 아아 정말, 저, 어째서 항상 흐름에 몸을 맡겨버리는 걸까요～…… 강아지가, 강아지가 된다든지이이이……."

　이미 강아지 귀 카추샤를 벗은 리아라의 번민은 무척 뿌리가 깊은지, 양손으로 새빨개진 뺨을 뒤덮고 말았다.

　아테나도 마찬가지, 아무리 그래도 이번 '조교'는 부끄러웠는지 붉게 물든 얼굴을 숙이고 있지……만, 크로노스의 옷자락을 꼭 붙잡고서 떨어지지는 않았다.

　뭐, 이런 부분도 그녀들의 귀여운 일면이다. 크로노스가 그리 납득한, 그때.

　"──냐～앙."

　"응? 어어, 차! 이런, 이건이건."

크로노스의 어깨에 갑자기 뛰어 올라탄 사람 때문에 그만 휘청거리고 말았다. 범인은 목줄을 찬 귀여운 하얀 고양이. 이상하게 기품이 있고 사람을 잘 따르는 분위기였다.

날름날름, 크로노스의 뺨을 핥는 하얀 고양이를 보고, 조금 늦게 알아차렸는지 리아라가 눈을 반짝였다.

"으으……응? ……앗?! 하와…… 귀엽네요…… 우후후, 크로노스 뺨, 그렇게나 핥아대고…… 하지만 어디서 왔을까요? 그──."

"아아, 어디서 왔을까, 야옹이."

"응, 기다려, 기다…… 기다려주세요. 크로노스는 고양이를 야옹이라고 부르는 타입인가요?"

참으로 의외라는 눈빛으로 보는 건 실례겠지만, '그렇게 말하는 리아라도 고양이 씨 같은 소릴 하는 타입인데 말이지'라고 생각하는 크로노스였다.

하지만 그때, 또다시 감시자에게서 들어온 보고는 사태의 급변을 고하는 내용이었다.

"──크, 크로노스 두목~! 큰일이에요, 큰일! '천리안의 마법'으로 감시하고 있었는데, 그런데…… 와, 왕궁의 병사들이, 갑자기 총동원되어서 출동하기 시작해서……!"

"호오. 이런 타이밍에, 말인가. 우리 동향을 무언가의 방법으로 탐지하고 수색에 나섰다, 그렇게 생각해야겠군. '조교'를 마친 뒤라는 게 뭐, 다행이지만."

"내, 냉정하시네요?! ……어, 저기, 저는 절대 배신 같은 거 안 했으니까요?! 병사는 이쪽으로 오는 것도 아니고…… 저, 정말이라고요?!"

"후하하, 너무 그러면 오히려 수상하게 느껴진다고? 하지만 배신하지 않았다는 것 정도는 알아. 애당초 우리를 바칠 생각이라면 좀 더 빨리, 효율 좋게 했을 테니까. 의심 같은 건 안 하니까, 자, 혹시 모르니 몸을 숨기도록 해."

크로노스가 그렇게 재촉하자 감시자 그녀는 휴우, 안심하며 물러났다.

그녀와 교대하여, 당연하겠지만 불안이 가시지 않은 리아라가 이야기를 건넸다.

"저, 저기, 크로노스, 그러니까…… 적이 움직이기 시작했다, 그런 이야기죠? 저희는 어떻게 하면 좋을까요……?"

"응―, 낙관시하는 건 아니지만, 정말로 우리를 표적으로 움직이는지 확정되지 않았으니까. 일단 경계는 하면서 상대의 동향에 따라, 우리도 움직이는 방법을 정하자고―."

크로노스가 잘라 말하기 직전―《통신 마법》으로 친숙한 '귀여운 노예' 중 하나의 목소리가 전해졌다.

『크, 크크크, 크로노스 씨~~~?! 저기저기, 깨어 있나요, 저기―?!』

"음! 자못 '좋은 엉덩이'를 상기시키는 이 목소리는―루아로군?! 무슨 일이야, 엉덩이가 폭발했나?!"

『목소리로 엉덩이의 분위기를 알 수 있을 리도 없고, 폭발할 리도 없는데요?! ……아니, 그럴 때가 아니에요, 아니라고요~! 저, 저기, 지금…… 지금!』

허둥지둥하는 루아가 그럼에도 필사적으로 전한 상황이란.

『《마법 대국》의 병사들이 잔뜩 와서—— 지금, 노노 씨랑 에리 씨 일행이, 싸우고 있어요~!』

"……예?! 루, 루아 씨, 그건 정말인가요?!"

몸을 내밀며 반응하는 리아라, 하지만 크로노스는 루아의 통신을 기다리지 않고 이미 움직이기 시작했다.

"리아라, 아테나, 간다! 언제든지 움직일 수 있도록 앞에 마차를 준비해뒀어! 예비용 복장이랑 《노예 성구》도 비축되어 있으니까. 자, 서둘러서 올라타!"

"……예, 크로노스 님……!"

크로노스의 지시에 아테나가 가장 먼저 반응, 저택을 뛰쳐나갔다.

아주 조금 늦게, 리아라도 달려가려고 했다, 만.

"예, 가죠, 크로노스. ……어?!"

"? 왜 그래, 리아라. 갑자기 뒤를 돌아보고."

"어, 아뇨, 지금…… 누군가가 쳐다보는 것 같아서. ……아뇨, 아무도 없으니까 기분 탓이겠죠. 너무 과민해진 모양이에요…… 미안해요, 서두르죠!"

"응, 그러네. 좋아, 간다!"

다시금 크로노스가 재촉하자, 리아라는 아직도 조금 신경이 쓰이기는 하던 모양이지만 이번에야말로 저택을 뛰쳐나갔다.

⋯⋯하지만, 그리하여 저택을 뛰쳐나간 그들을 바라보던 것은.

기품마저 느껴지는 아름다운 하얀 고양이의, 어둠 속에서 빛나는 동그란 두 눈.

딸랑, 목줄의 방울을 울리며 하얀 고양이는 눈을 가늘게 뜨고.

"⋯⋯냥."

짧게 한 번 울고, 그들을 쫓아 마차로 숨어드는 것이었다.

최강 **노예상**의 **낙인**마법과 **미소녀** 함락

STIGMA MAGIC OF
THE SLAVE TRADER &
DEGENERATE BEAUTIFUL GIRL

Saikyo doreisho no rakuinmajutsu to bishojootoshi

"지상 최강"은
과거의 힘을 잃고, 그리고

제2장

크로노스가 두 마리 말을 조종하는 마차는, 리아라와 아테나를 뒤의 객차에 태우고서 도시의 뒷길을 달려갔다. 통행량이 적은 루트는 사전에 조사해두었고 늦은 밤이기도 하여, 사람 없는 들판을 달리는 것만 같았다.

얼른 평소의 복장으로 갈아입은 아테나가 뒤에서 몸을 내밀었다.

"크로노스 님, 기다리셨죠…… 조종, 제가 맡을게요."

"오오, 아테나. 아니, 딱히 상관없어. 하지만 뭐, 그렇게나 신경이 쓰인다면 내 옆에서 앉아서 귀여운 목소리로 말을 걸어줄래?"

"후, 에, 귀, 귀엽다니, 그렇지는…… 하, 하지만, 으음…… 시, 실례할게요."

뺨을 물들이고 겸손해하면서도, 아테나는 크로노스가 요청한 대로 마부석에 앉으러 왔다.

스타일 발군에 장신이면서도 몸을 움츠리듯 그러고 있기에 오도카니, 라는 표현이 들어맞았다. 내성적이고 순정적인 편은 여전한 듯했다.

『할 때는 정말로 하는 아이인데, 이런저런 의미로』라며 크로노스가 가볍게 웃음을 흘리려다가, 흘끗흘끗 옆얼굴을 바라보는 아테나에게 이야기를 건넸다.

"조금만 가면 돼, 아테나. 마음의 준비는 괜찮아?"

"! 아……. 아, 예. 아직 무섭지만…… 괜찮아요. 저…… 마주

할 수 있어요. ……크로노스 님께서 저를…… '조교'해 준 덕분이에요♡"

부끄러운지 손과 손을 마주비비는 아테나. 뭐, 확실히 그녀의 말대로 강아지가 되어 공공장소를 산책할 수 있었을 정도니까 상당히 배짱은 붙었을지도 모른다.

다만 그럼에도 슈퍼 미남 주인님(본인 이야기)에게 마차를 맡기기만 하는 것은 '귀여운 노예♡'로서는 신경이 쓰이는지, 재차 이야기를 꺼냈다.

"저, 저기……. 역시, 제가 몰까요……? 크로노스 님께 마부 같은 일을 맡기다니 괴로워요…….."

"이것 참, 미소녀 둘을 철저히 돌보는 것도 멋있는 일이라고. 그래도 뭔가 해주고 싶다면, 그러네──마사지라도 부탁할까."

"예? 어…… 아, 예. 아테나, 열심히 할게요…… 어깨인가요? 팔, 이라든지?"

"하복부부터 허벅지에 걸쳐서, 그 사이를 공들여 중점적으로 부탁할게. (집중 못 해서 사고가 날 것 같지만.)"

"후, 에…… 예?! 거, 거기라니…… 하, 하으하으…… 부, 부부, 부끄러운데요…… 아테나가…… 열심히 할게요♡ 웃차──."

"아니, 잠깐만 기다리세요─?! 이런 상황에서 그런 곳의 마사지가, 지금! 정말로 필요하다고 할 수 있나요─?!"

아테나와 마찬가지로 준비를 마쳤는지 리아라가 뒤에서 기세 좋게 지적했다.

"쳇" 하고 크로노스가 아쉬워하며, 말을 계속 몰면서 입술을 삐

죽였다.

"뭐야, 뭐야. 열심히 하는 주인님을 조금은 치하해주겠다고 생각하진 않나. 리아라, 박정한 녀석. 가슴은 무지하게 두꺼운데."

"후려칠 거라고요?! 사고도 각오하고! 그보다도 정말로, 지금은 그럴 때가 아니잖아요! 빨리 가야 돼요……!"

"훗, 알고 있어. 그 증거로 최단 거리로 목적지에 도착했다고. 여기서부터는 마차에서 내려서 가자. 자──이 앞이!"

"! 아, 예, 크로노스! 기다려주세요, 여러분, 지금 당장 도와드리러──!"

"왕궁이다! 적의 보스와 결판을 내서 가자고오─!"

"아니, 어어어어?! 자, 잠깐…… 잠깐만요, 크로노스─?!"

리아라는 주르륵 떨어질 뻔했지만 그건 어떻게든 피하고, 당황한 기색으로 달려들었다.

"우리는 지금, 별동대 여러분을 도우러 가려던 게 아닌가요?! 루아 씨, 그렇게나 절박하게…… 그, 그런데."

"아니, 그게 아니야. 애당초 별동대의 역할은 우리의 행동에 호응하여 다른 장소에서 적의 시선을 끌어주는 거니까. 뭐, 순서는 반대가 되어버렸지만."

"그, 그건 입국 전의 작전으로 들어서 알고 있지만…… 하지만 하지만, 이런 식으로 행동하는 계획이 아니었잖아요?! 병사까지 밀려든다니…… 여러분이 위험해요──!"

"? 무슨 소리야, 리아라. 설마 잊었어? 지금부터 잠입하는 우리보다, 뭣하면 저쪽이 훨씬 안전해. 여하튼──."

일체의 동요도 없이, 크로노스는 절대적인 신뢰를 입에 담았다.

"저쪽에는 '지상 최강'의 《용사 공주》── 에리가 있다고."

■ ■ ■

에리가 동료들을 데리고 《마법 대국 엔테》에 입국한 뒤로 머무르던 장소.

왕국에서는 그렇게 멀지 않은, 이곳 중추 도시에서도 유수의 고급 여관. 그곳을 나와서 바로 앞에 있는 광장이 지금은 수라장으로 변해버렸다.

"꺅…… 꺄아아아악?! 시, 싫어어어어!"

새파랗게 질려서 공포의 비명을 지르는 것은 루아……인데, 조금 호들갑스러우려나, 에리는 생각했다. 갑옷과 투구를 입은 병사들에게 둘러싸인 것은 확실히 위압감이 있을지도 모르겠지만.

"훗, 가냘픈 여자를 상대하는 건 꺼림칙하지만, 우리 《마법 대국》을 배반한 자는 공공의 수호자로서 용서치 않겠다!"

"그래, 실컷 해치워주자고! 그런데 이 배리어, 엄청 단단하네."

"흥, 대단한 건 아니야. 우리도 《마법 대국》의 병사, 우리 마력으로 꿰뚫어주마! 다만 현재로서는 상처 하나 내지 못했지만, 틀림없이 언젠가 깨진다고."

기세등등한 말에 곤혹이 섞여 있었다. 그렇다, 루아의 엉덩이 배리어…… 아니, 본인의 말로는 『어디까지나 정조대니까요!』의 배리어는 철벽의 방어력을 자랑하는 것이었다.

그럼에도 철저히 방어에만 집중하고 있는 만큼, 상황은 악화일로.

자, 어떻게 해야 하나, 에리가 그런 생각을 하는 사이에 갑자기 불꽃의 탄환이 날아들고.

"! 훗──."

뛰어올라서 피하자 란과 피가 거의 동시에 걱정하는 말을 던졌다.

"에, 에리 님, 괜찮습까?!" "에리 언니, 다친 곳은?!"

"그래, 괜찮아. 스치지도 않았어."

에리가 간결하게 대답하자 두 사람은 안심한 모양이지만, 허나.

『……크크크, 하하하하하.』

갑자기 터진 웃음소리는 병사들을 지휘하는, 부대장으로 보이는 남자의 목소리. 이미 이겼다는 듯한 미소를 안면에 들러 붙이고서 말을 꺼냈다.

"역시 그렇군…… '그분'께서 말씀하신 그대로야. '지상 최강'의 《용사 공주》에리는, 허나 이제는 과거의 힘을 잃었다── 최근까지 잃고 있었다는 '아픔'을 되찾았다고!"

"뭐…… 저, 저 녀석, 어떻게 그 사실을?!"

란이 이를 갈다시피 적의 지적은 사실.

크로노스와의 싸움을 거쳐 그의 노예가 되고── 에리는 잃어버렸던 감각을 되찾았다. 그것은 이제까지 앓고 있던 '무통증'과 '불감증'을 극복했다는 것을 의미했다.

그 사실 자체는 에리에게 자랑스러운, 크로노스에게서 '받은' 것이었다.

하지만 그것이 싸움에서 불리하게 작동할 것이라고, 적은 단정하는 모양이라.

"홋, '그분'께서는 모든 것을 꿰뚫어 보시는 것이다. 허나 역시 사실이었나 보군…… 《용사 공주》의 진정으로 두려운 힘은 다치는 것도 겁내지 않고 다가오는 '만용'. 하지만 아픔의 공포를 알게 된 지금, 그 힘을 잃었다고 할 수 있겠지!"

득의양양하게 손가락질하는 남자에게, 에리는 표정이 변하지도 않고 딱히 부정하지도 않았다.

"……그래, 그러네. 확실히 나는 '아픔'을 되찾았어. 그건 그다지, 좋지 않아. 그러니까 '만용'이라는 힘을 잃었다고 한다면…… 그렇게 되겠네."

"하앗핫! 들었느냐, 너희들! 이제 두려워할 것 따윈 아무것도 없다──약해진 《용사 공주》 따윈 적이 아니야! 마법을 집중해서 냉큼 끝내버리자고!"

"? ……뭐라고?"

의문과 질문이 겹친 에리의 혼잣말에, 하지만 적병들은 대답도 않고.

"《용사 공주》만 쓰러뜨리면 남은 건 어중이떠중이! 녀석들은 끝이다! 전방위, 사격 준비──."

"읏, 기다리라고! 에리 님한테 손을 대다니…… 윽. 이, 이 녀석들…… 하나하나가 꽤 '하네'?! 큭, 이게!"

돕고자 달려오던 란도 병사와 교전하느라 역부족인지.

히죽 미소가 깊어진 부대장은 마침내 기세 좋게 명령.

"쏴라아아아!"

"?! 에, 에리 언니…… 에리 언니이이잇!"

피의 비통한 외침을 지워버릴 정도의, 마력으로 만들어낸 대량의 탄환이 에리를 향해 덮쳐들고———착탄과 동시에 주위의 시야를 가릴 정도의 분진이 피어올랐다.

'이겼다'며 득의양양한 표정을 띤 것은 적의 병사들.

그것을 미소와 함께 일축한 것은 갈라테아의 목소리.

"우후후~…… 피는, 대체 누구를 걱정하는 걸까~?"

"……헤? 어, 어라?"

분진이, 흙먼지가 걷히자── 그곳에 누군가의 모습 따윈 없고.

엉뚱한 방향에서 울린 것은 적병 몇몇의 신음소리와 쓰러지는 소리.

"""……끄헉."""

"?! 뭐냐, 너희들, 어째서 쓰러─허, 허윽?!"

놀란 목소리, 술렁임, 그것을 돌아보는 적병들의 후방에서.

《용창 트리아나》를 휘두르며── 에리는 유유히 서 있었다──!

"하아, 하아…… 어어?! 에리 님, 저기…… 괜찮으십니까?!"

간신히 눈앞의 적을 쓰러뜨렸는지 란이 물었지만.

몸에, 아니, 크로노스에게서 이전에 '받은' 갑옷조차 상한 곳은 전혀 없고.

에리는 조금 전과 크게 다르지 않은 억양으로, 같은 말로 대답했다.

"그래, 괜찮아. 스치지도 않았어."

그 말에, 그 자리에 있던 거의 모두가, 피아 구분 없이 넋이 나갔다.

다만 그렇지 않은 적도, 보이지 않는 곳에는 숨어 있어서.

"이것 참, 멍청하게 정면에서 상대하다니 어리석음의 극치. 마법을 사용하는 자가 머리를 써서 싸우지 않는다니, 어쩌겠다는 거야."

아마도 다른 부대를 지휘하고 있을 병사가 한손을 들어 공격 신호를 날리려고 했다, 만.

"상대는 다름 아닌 '지상 최강'의 《용사 공주》. 공들인다고 손해 볼 건 없지. 아무리 약해졌다고 해도──음? 뭐냐, 모습이 안 보인다고? 각도가 좋지 않나──."

"──누가 약해졌다고?"

"허억. ……아, 어, 음?"

자신이 중얼거린 것은 혼잣말이었음을, 이제 와서야 그가 간신히 깨달았는지.

숨어 있던 그의 부하들은 알아차리지도 못할 만큼 순식간에 에리가 쓰러뜨렸다.

"알아. 호흡을 죽여도, 모습을 감춰도, 숨어 있어도. 내가 되찾은 '감각'이 내게 전부 가르쳐줘."

"가, 가르, 쳐……? ……헤붑?!"

창의 밑동으로 안면을 때리자 남자는 간단히 침몰해버렸다.

슉, 가벼운 발걸음으로 에리가 다시 나서자 조금 전의 부대장이 크게 소리쳤다.

"억?! 이, 있다! 놓치지 마라, 나가라, '전위 강화 마병'!"

"""오오오!!"""

다른 이들보다 명백하게 중장갑인, 체구가 큰 병사들이 에리 앞에 늘어서자.

"————방해돼."

"""————"""

'전위 강화 마병'이라는 녀석들은 목소리도 내지 못하고 말문이 막힌 채, 창 한 방에 궤멸당하고 말았다.

이 힘은《여신의 성구》로서의 힘을 사용하지는 않았다. 크로노스와 싸우던 무렵과는 달리, 쓸 수 없는 것이 아니라 이번에야말로 '쓸 필요도 없는' 것이었다.

"……확실히 나는 '감각'을 되찾았어. 그 결과, 다치는 것을 두려워하지 않는 '만용'을 잃었다면, 그러네. 하지만 이제까지 기른 신체 능력은 여전히 있어—— 그리고 내가 새로이 힘을 손에 넣지 못했다니. 어째서, 그렇게 생각해?"

잃은 것 대신에 에리가 손에 넣은 새로운 것.

공기의 진동 하나조차, 시선의 흔들림 한순간조차 간파하고 놓치지 않는다.

"《여신의 성구》《용창 트리아나》, 그리고 나의 주인님── 쿠가 불러일으켜준── '초감각'이, 나의 새로운 힘."

적의 공격 따윈 산들바람처럼──에리의 《절대 회피》 앞에서는 무의미──!

"──훗!"

창을 한 번 휘둘렀다. 빛나는 창끝은 유성처럼 아름답게.

잃은 것은 아쉬워한 적조차 없었다고.

그가 '부여해준' 것은 보석처럼 소중하다고.

자세를 취한 에리의 시선은 손에 든 《용창》 이상으로 올곧게.

"쿠가 내게 '준' 것이, 나를 약하게 만들다니── 그럴 리가 없어──!"

그 순간, 한계를 초월하여 단련된 에리의 육체가 자신의 그림자마저 제치고.

"어, 잠, 깐, 오──기, 기에에에엑?!

""""앗──바바바바바──앗?!""""

나란히 선 병사들을 한꺼번에 털어냈다──!

"영차. 후우…… 이걸로, 끝이네."

공중에서 착지하고, 마치 청소를 마쳤을 뿐이라는 듯 간결하게 중얼거리고.

그런 에리를 보고 란과 피는 입을 떡 벌리고 갈라테아는 "어머

어머♪"라며 평소처럼 종잡을 수 없는 미소를 띠고.

엉덩이…… 정조대 배리어를 푼 루아는.

"……………웃."

벌린 입으로 한마디를 흘리더니, 그것을 경계로 잇따라 말이 솟아나왔다.

"으읏——너무 강한 거 아닌가요?! 그렇게나 많던, 갑옷을 입은 병사들을 순식간에 정리해버렸다고요?! 청소가 아니니까 말이죠?!"

"! 청소…… 나, 쿠의 메이드다웠을까. ……부끄러워."

에리가 그야말로 엉뚱한 소리를 중얼거리자, 이제는 루아도 머리를 부여잡을 수밖에 없는 듯했다.

그때, 그곳에서 조금 떨어진 장소에서 다수의 말발굽 소리가 다가오는 것이 들렸다.

새로운 적인가, 그렇게 생각했는데 그렇지는 않았다.

"——다들, 기다렸지. 응, 무사한 모양, 이네. 양호, 양호."

말을 타고, 그리고 다수의 말을 끌고서 나타난 것은 노노. 아무래도 인원수만큼의 이동수단을 마련해준 모양이었다.

"적의 시선, 끌어들이는 역할, 수고했어. 역시 '지상 최강'의《용사 공주》……라고, 크로라면 말할 테지. 노노, 아니까. 마음, 이어져 있으니까."

"그래. ……나도, 이어져 있다고 생각하는데. 노노, 말 준비해줘서 고마워. ……쿠라면 그렇게 말할 거야, 분명히."

"말 잘하시네. 덤벼, 덤벼."

노노가 슉슉, 잽을 날리자 에리는 손바닥으로 받아냈다.

험악한 분위기는 아니고, 이 또한 에리와 노노 나름대로의 커뮤니케이션.

하지만 그때 갑자기 터진 것은 의외라는 듯한 루아의 목소리.

"어, 어? ……저기, 적의 시선을 끌어들인다니, 무슨 이야기죠? 이것저것, 혹시 작전이었나요?"

"? 루아, 쿠한테서 못 들었어? 나한테는 가르쳐줬는데."

어리둥절, 에리가 고개를 갸웃거리자 툭툭, 노노가 어깨를 두드렸다.

설명은 맡겨둬, 그러면서 엄지를 척 세워 드는 노노. 크로노스의 성대모사를 하듯 꺼낸 말은.

『루아는 좋은 미끼가 될 거야. 배리어도 있으니까. 그리고 가르쳐주지 않는 편이, 틀림없이 재밌겠지.』

"에에잇, 크로노스 씨이이이이! 기억해둘 거라고요?! 절대로 용서하지 않을 거라고요오오오오!"

내성적인 소녀라고 그러던 루아, 어쩐지 전혀 그렇게는 안 보이지만.

'……아니, 그녀도 틀림없이 쿠한테서 '받은' 거야…… 알아. 응, 응.'

"……어? 왜, 왜 그러세요, 에리 씨…… 저기, 뭔데요?! 대체 뭔데요—?!"

멋대로 공감한 에리가 눈을 가늘게 뜨며 고개를 끄덕이자 아무래도 루아를 곤혹스럽게 만들어버린 모양이라, 미안하다.

희한한 대화로 한창 들떠 있었지만, 그럴 때가 아니라며 노노가 소리 높였다.

"다들, 양동, 끝났으니까. 이런 곳에서, 시간 낭비할 때, 아니야. 크로 쪽을, 쫓아가야지."

"노, 노노 씨도 쓸데없는 이야기, 잔뜩 한 주제에…… 으으, 알고는 있지만요."

루아는 불평을 하면서도 노노가 데려온 말 한 마리에 뛰어올랐다. 이렇게 말하면 그렇지만, 의외로 익숙한지 무척 태가 났다.

두 사람을 따라 갈라테아도 말에 탔다. 란도 가볍게 말 위로 올라타고, 피는 말을 못 타기 때문에 란이 피의 손을 붙잡고 뒤에 태웠다.

"응. 영차. …………."

마지막으로 에리도 탔다……만, 뒤로 고개를 돌려 쓰러진 병사들을 바라봤다.

그리고는 잠시 침묵하고 있으니, 란의 뒤에 타고 있던 피가 이야기를 건넸다.

"저, 저기, 에리 언니? 왜 그러세요?"

"……아, 응. 아까 쓰러뜨린 여기 병사들…… 어쩐지 평범한 병사들보다, 강했을지도 모르겠다 싶어서. 어쩐지, 조금……이지만."

에리의 《용국 트리아나》는 《마법 대국 엔테》와 동맹 관계이다. 그래서 직접 싸우지는 않았지만, 함께 싸운 인상으로는 좀 더 약한 느낌이었던 것이다.

하지만 그런 에리의 발언에 란이 허둥지둥 소리 높였다.

"아니아니아니, 조금 정도가 아니었다고요?! 저, 좀처럼 쓰러뜨리질 못했슴다! 하나하나가, 어쩐지 이상하게 강했다고 할까!"

"그런, 건가? 그래…… 어째서일까."

에리가 손에 넣은 '초감각'이 그리 만드는 것인지, 어쩐지 위화감을 느꼈다.

그러자 갈라테아도 말 위에서 그녀가 아는 정보를 전했다.

"이건…… 소문에 불과하지만.《마법 대국 엔테》의 병사나 마법사는 나라의 중심…… 그러니까 왕궁에서 가까울수록 강해진다, 그런 이야기를 들은 적이 있어~. 그렇다고 해도, 왕궁 근처까지 쳐들어오는 사태는, 최근 수십 년은 없었다고 그러니까 신빙성은 미묘하겠지만…… 조금 신경 쓰이네~."

갈라테아가 뺨에 손을 대고 고개를 갸웃거리자 노노가 재촉하듯 끼어들었다.

"……그런 부분도, 가면 알 수 있는 이야기, 아마도. 자, 가자, 다들."

확실히 여기서 논의를 해봐야 알 수 있을 리도 없었다.

말을 몰아 앞장서는 노노를 따라, 에리 일행도 서둘러 말을 몰았다.

■ ■ ■

그들이 양동 작전에서 적을 물리친 것과 거의 같은 시간.

크로노스, 리아라, 아테나는 이미《마법 대국》의 왕궁으로 잠입했다. 다소의 병사는 눈에 띄었지만 《노예 성구》나 《노예 성약》을 활용하면 지나가는 것은 간단했다.

현재도 '투명화'의 《노예 성약》을 사용하여 속보로 나아가고 있었다. 그들은 서로가 보이도록 되어 있지만 다른 이들은 발소리로밖에 인식할 수 없을 것이다.

지금은 말로 달려오는 에리한테서 《통신 마법》으로 보고도 받았는데, 그 내용은.

『양동 성공. 겸사겸사 병사 대부분, 궤멸시켰으려나. 우리도 바로 갈게, 쿠.』

커다란 전과를 이다지도 간단하게 보고하자 리아라는 놀라움을 뛰어넘어 도리어 기가 막힌 모양이었다.

"……아니, 에리 씨가 강하다는 건 충분히 잘 안다고요? 하지만 감각이 돌아왔다고 그래서…… '무통증'도 나았다면, 다치면 아프지 않을까…… 그렇게 걱정한 게 바보처럼 느껴질 만큼 강해져 버린 거 아닌가요?!"

"이런이런, 잠입 중에 대담하게도 떠드는구나. 그보다도 부상 하나 없을 만큼 강하니까, 그보다 더 좋을 일은 없을 텐데. 에리가 다쳤으면 했어?"

"그럴 리가 없잖아요! 하지만, 하지만…… 예, 그런가요, 그리 간단히 납득할 만큼 요령이 좋진 않다고요—! 정말~!"

최근에 이상하게 번민하는 방식이 판에 박혔구나, 번민하는 리아라를 보고 감정이 풍부하다는 건 좋은 일이지, 그렇게 여전한 적당함으로 수긍하는 크로노스.

그리고 아테나는 《마법 대국》에 입국한 것만으로도 쓰러질 뻔했는데, 그야말로 트라우마의 한복판일 왕궁을 나아가는 지금은 과연 어떨까.

슬며시 크로노스가 고개를 돌려 상태를 봤더니, 아테나와 눈이 마주치고 말았다.

"……후훗. 괜찮아요, 크로노스 님…… 저, 지지 않아요."

"! 아테나, 그런가──음, 착한 아이구나."

전혀 무리가 아니다, 그렇게 말한다면 거짓말이겠지. 아테나의 얼굴을 보면 그 정도는 간단히 이해할 수 있었다.

하지만 아테나는 "지지 않는다"라고, 그렇게 말했다. 그저 학대를 당하고 저항하지 못했던 그 무렵과는 다르다. 그녀는 앞을 보며 싸우려 하고 있었다.

그런 아테나의 의사를 존중하고 도와주는 것이야말로 크로노스가 해야 할 일.

'이 몸의 귀여운 노예'의 행복을 위하여── 그것이야말로, 크로노스에게는 절대적이었다.

그렇게 얼마나 계속 달렸을 무렵일까, 리아라가 툭하니 말을 흘렸다.

"후우, 그건 그렇고…… 넓은 왕궁이네요. 제가 살던 《신국》의 성도 어지간한 크기였지만…… 살기에는 정말로 불편하다고요, 정말."

75

"후하하, 이제는 나랑 사는 게 완전히 익숙해진 것 같은 감상이네. 그렇게 되었다면 이제 더 이상 성으로 돌아가서 살 수는 없겠지. 뭐, 돌아가고 싶대도 절대로 안 놔줄 거지만."

"아으. ……따, 딱히~…… 돌아가고 싶다고는, 안 하겠지만~…… 읏, 아, 아뇨, 아무것도 아니에요."

"아니, 정확하게 들렸다고. 성으로 돌아갈 생각 따윈 털끝만큼도 없어요. 리아라는 크로노스와 평생 함께 백년해로하겠어요, 라고."

"그런 말까지는 안 꺼냈다고요?! 어, 아니, 안 했…… 생각 안 했다고요?!"

멋대로 이야기에 빠지고 멋대로 당황하는, 여전히 정서가 풍부해서 귀여운 리아라였다.

"후하하, 정말이지, 놀리는 보람이 있구나, 리아라는. 이런, 말하는 사이에 또 꽤나 넓고 묘한 통로로 나왔는데."

"노, 놀리다니, 너무해요. ……어, 정말이네요. 넓고, 묘……하다고 할까, 이상한 느낌이 드는 것 같은데……."

왕궁 내의 한 통로, 그렇게 부르기에는 도처에 걸린 장식은 악취미로 보였다.

수정 해골, 천장에 달려 있는 인간 사이즈의 인형, 좌우의 창문을 뒤덮은 검은색 커튼.

부르르, 몸을 떨던 리아라가 퍼뜩, 기세 좋게 뒤를 돌아봤다.

"?! 읏, 역시…… 뭔가, 시선을 느꼈어요! 대체 누가……."

『……쿡, 쿡. 쿡쿡, 쿡…….』

"꺅?! 우, 웃음소리가…… 누군가 있는 건가요?!"

소리가 들린 것은, 리아라가 돌아본 방향이 아니라 나아가야 할 통로 안쪽에서.

그곳에는 여기가 통로인지 알 바 아니라는 듯이 자리 잡은, 휘황찬란한 의자와──양 무릎을 모으고 살짝 삐딱하게 앉은, 언뜻 보기에도 공허한 소녀가.

검은색을 바탕으로 한 고딕풍의, 프릴로 장식된 드레스는 어둠이 있기에 더더욱 빛났다. 나잇대는 아마도 메이와 같은 정도겠지만 차분한 분위기……를 넘어서 생기가 느껴지지 않은 눈동자를 이쪽으로 향하고 있었다.

웃음소리는 그녀가 꺼내고 있었다. 자그마한 입술에서 잇따라 목소리를 던졌다.

"쿡쿡…… 야심한 밤을 헤매는, 어리석은 죄인이 방문했구나…… 그것도 셋이나."

"?! 저 아이, 우리의 '투명화'를 간파했어……?"

"쿡…… 그런 건 마력을 포착해서 꿰뚫어 보면 별것도 아닌 것…… 게다가."

눈은 전혀 웃지 않으며 입가만 살짝 치켜올리고, 소녀는 말했다.

"시선을 느낀다고, 그랬지? 쿡쿡, 그것도 당연…… '그분'은 이 나라의 모든 것을 내다보고, 간파하고 계시니까…… 쿡쿡."

"그, '그분'? 그 사람이 우리를 보고 있었나요? 그건 대체 누구인데…… 아니, 애당초 우선 당신은 누구죠?!"

"우스운 사람…… 죄 깊은 침입자는 그쪽일 텐데…… 우스워…… 우습다고, 쿡, 쿡쿡…… 쿡쿡쿡."

뭐가 우스운지 한 손을 자그마한 입에 대고 웃음을 그치지 못하는 소녀.

그 모습에서 꺼림칙한 느낌을 받았는지 허둥대고 마는 리아라──가, 크로노스에게 달라붙은 아테나의 이변을 깨달았다.

"어? ……아, 아테나 씨?! 또 안색이…… 저, 정신 차리세요!"

"웃, 웃! 웃…… 으, 응, 괜찮아…… 괜찮으니까……."

"그, 그렇게 말씀하셔도…… 설마 저 아이에 대해서, 뭔가 알고……?"

리아라가 묻자 크로노스에게 달라붙어 있던 아테나의 손에 꾹, 더욱 힘이 실렸다.

하지만 그 이상은 말도 꺼내지 못하는 그녀 대신에 크로노스가 입을 열었다.

"리아라. 예전에 아테나는 이 왕국에서 살면서, 자신과 가까운 신분의 공주에게서 학대를 당했다──라는 이야기는 기억해?"

"아, 예, 물론이죠. ……그럼, 어?! 설마…….."

"상상 그대로야. 그리고 특히나 공주들 가운데도 아테나는 '세 자매'한테서 피해를 봤지. 그 '세 자매'는 '마법 기술'의 최첨단인 《마법 대국 엔테》에서도 이제는 최상급의 사용자──《마법 공주》라고 불리며 이름을 떨치고 있어."

'세 자매'에 대해서는 아테나 본인의 입으로 크로노스에게 이야기해주었다.

아테나가 그녀들에게 당했다는 처사에 대해서도, 함께.

"《마법 대국 엔테》 최강의 세 자매 중 막내인 《마법 공주》, 이름하야——."

크로노스가 부른, 고딕 드레스로 몸을 감싼 소녀의 이름은.

"——《유환(幽幻)의 마법 공주》 신 로리스 고스트 엔테——!"

제3장

아테나 씨를 괴롭히는 사람은……
"저희"가, 용서하지 않아요!

『꺄하하, 거슬려, 아테나!』

『……꺅……?!』

이곳 왕궁에서 지내던 무렵의, 어린 아테나의 추억이라 부르기에는 너무도 차가운 기억.

아테나를 떠민 것은 같은 공주라는 신분의 소녀. 이미 재능이 넘치는 '세 자매'로서 유명한, 차녀였다.

그녀는 평소에 쾌활하고 붙임성이 있는 성격의 소유자, 라고 들었다. 그런 그녀가 어째서 자신한테만 이다지도 가혹하게 대하는 것일까.

아니, 알고 있다. '마력'이 없어서, 그 탓에 남들 이상으로 커지기만 한 이 몸이 거슬리는 것이었다.

떠밀려서 손을 바닥에 짚은 채, 아테나가 고개를 숙이고 있자──그 손을 위에서 발로 짓밟고.

『?! 그만…… 아, 아파……!』

『우훗…… 어머, 그런 곳에 있다니, 난 몰랐다고? 그게, 마력이 느껴지지 않는걸…… 그런 건 이 나라에서는 존재가 없는 거나 마찬가지잖아? 우후훗!』

그리 말하며 장녀 이스펜이 발을 빙글빙글 움직이고 손 위에서 치워주지 않았다.

그런 그녀에게, 조금 전에 아테나를 떠밀었던 차녀가…… 살짝 얼굴을 찡그리고.

『……저기, 이스펜 언니…… 조금, 과한 게…… 과할, 지도?』

『어머? 무슨 소리야, 키튼…… 이거야 그저 다정할 정도라고. 무엇보다, 다름 아닌…… '그분'께서 그렇게 말하는 걸?』

『그, 려나? 그래…… 그렇구나, 꺄핫! 무슨 소릴 한 거야, 정말이지!』

유쾌하게 웃으며, 몸을 웅크린 아테나는 잊어버린 것처럼 떠나는 장녀와 차녀.

일어서려고 손에 힘을 실었지만, 그 손이 욱신거리게 아프고.

『읏! ……으, 으으.』

울음을 터뜨리고 만 참에, 갑자기 세 자매의 막내── 신이 지나가며.

『…………』

『앗…… 아, 그게.』

『…………후우.』

시선은 마주쳤다, 하지만 전혀 흥미가 없다는 듯 그녀는 그대로 떠났다.

신, 그녀는 다른 두 사람처럼 접촉하지는 않으니까 말을 나눈 적도 없었다. 하지만 아무것도 느끼지 않는 것 같은, 저 차가운 눈빛. 틀림없이 경멸하는 것이리라.

마력을 지니지 않고, 마법을 사용하지 못하고, 몸만 커다란, 이런 자신을.

『……읏…… 으, 으으…….』

당연할지도 모른다. 아테나 본인이 스스로를 좋아할 수가 없으니까. 그런데 타인이 좋아해주다니, 꿈에도 그런 생각은 한 적이 없었다.

그렇기에 적어도, 아테나는 앞머리를 눈이 가려질 정도로 길렀다.

적어도…… 적어도 머리카락만이라도 길러서.

그 머리카락을 위에서 손으로 뒤덮고.

『으, 아…… 으에엥…….』

흘러내리는 눈물이 누구에게도 보이지 않도록.

■ ■ ■

"━━━━━웃."

과거의 기억이 되살아났는지, 크로노스에게 달라붙은 아테나가 부르르 몸을 떨었다.

그런 아테나를 보고 가장 먼저 《마법 공주》에게 소리를 높인 것은 리아라였다.

"~~~웃, 신 씨라고, 했죠?! 당신은…… 당신들은! 아무런 잘못도 없는 아테나 씨한테, 어째서 옛날에 지독한 짓을 한 거죠! 대답하세요!"

"…………."

리아라의 말을 듣고 신은 의자에 앉은 채━━ 고개를 갸웃거리고.

"……아테나? 그거…… 누구였더라?"

"……뭐……?!"

아테나를 일방적으로 학대해놓고 잊어버리다니── 리아라의 분노가 전해지는 한편, 아테나의 호흡도 거칠어지고.

"허억, 허억…… 읏, 싫어…… 으, 읏!"

"아테나! 괜찮아, 내가 여기에 있어! 좀 더 힘껏 내 손을 붙잡아!"

"크로노스, 님…… 죄송해요…… 하아, 하아…….."

아테나의 비단결처럼 매끄러운 두 손이 크로노스의 왼손바닥에서 뒤얽히고, 매달리듯 팔에 안겨들었다.

하지만 지금 이 순간, 적인 《마법 공주》가 기다려줄 리도 없으니.

"……뭐가 뭔지 모르겠지만…… 침입자는 멸각할 뿐이야. 쿡…… 후회하게 해줄게. 왕궁까지 침입한 괘씸한 녀석들에게…….."

인형 같은 동작으로 까딱, 고개를 기울인 신이 입가를 끌어올리고.

"《유환의 마법 공주》와…… 여기서 만나고 말았다는 사실을……!"

앉은 자세 그대로 두 팔을 벌리고──떠올랐다──!

갑작스러운 개전, 맞서고자 나서는 것은 리아라.

"올 테면 와보세요! 어린아이라도 용서치 않겠어요……! 떠올랐다면, 붙잡고 끌어내려서 엉덩이를 짝짝 때려줄 테니까──."

"……언니, 다른 나라의 마법사?"

"──헉?! 뭐, 뭔가요, 갑자기!"

아무리 그래도 적을 상대로 솔직하게 대답하진 않는 리아라. 성장한 덕분이겠지. 그건 칭찬해주고 싶지만,《마법 공주》는 한 수 위일지도 모른다.

"여자인데 무기도 없이 싸우려고 하는걸…… 강한 마력, 느껴지고. ……응, 응? 그보다도 굉장하네, 언니. 마력만이라면 월등하고…… 아니, 이거 뭘까. ……괴물 같은 거……?"

"괴, 괴물이라니 뭔가요, 실례잖아요! 영문 모를 소리하지 말라고요?!"

"자기도 모르는 거구나…… 하지만 뭐, 관계없어. 아무리 강한 마력을 가지고 있어도…… 다른 나라와《마법 대국》은, '마법'의 의미가 다른걸."

"? ?? 의미가 다르다니, 뭐가……."

리아라는 모르는 모양이지만, 정보통을 자부하는 크로노스는 차이를 이해할 수 있었다.

신은 어린 외모임에도 마법에 자신이 있는지 여유롭게 설명하기 시작했다.

"다른 나라의 마법사가 구사하는 '마법'은…… 쿡쿡, 불꽃을 발사한다든지, 물을 만들어내어 흘려보낸다든지, 그저 그것뿐…… 그런 건 그저 마력을 부딪치는 것뿐이야…… 마법이란 그런 천박한 물건이 아닌데…… 쿡! 뭐, '회복 마법' 같은 건 천재적인 센스가 필요해서 인정할 수도 있겠지만…… 그런 고도의 마법, 못 쓰잖아?"

"예? 아뇨, 그건 쓸 수 있어요. 저는 '신법'이라고 부르는 게 더 익숙하지만요."

"농담하지 마. ……하아, 결국에 《마법 대국》 말고는 마법 후진
국…… 진지하게 들을 생각 따윈 없어…… 뭐, 아무래도 상관없
지…… 어디 실제로 느끼고 후회하도록 해……!"

"아니, 그러니까 쓸 수 있다고요. ……읏?! 뭐야, 공기가 무거
워……!"

공중을 나는 신의 양손에서 연보라색 마력이 넘치고, 꺼림칙하
게 형태가 일그러지고.

"《유환 마법》── 놀아주렴, 고스트들……!"

고스트, 신이 그렇게 부른 마력의 구현화는 투명하게 흐릿한
여자들의 모습.

중력 따윈, 물체 따윈 아닌 것처럼 상하좌우로 오가며 벽도 바
닥도 통과하고.

『……쿡, 쿡…….』

"어, 꺅…… 히양?! 차, 차가워…… 아니, 추워……?!"

가로막지도 못하고 휩싸인 리아라가 등줄기부터 서늘해져서
몸을 떨었다.

아니, 실제로 냉기가 그녀를 덮친 것이었다. 고스트가 닿아 있
는 리아라의 하얀 피부에 서리가 들러붙었다.

그것을 본 신은 공중에서 여유로운 미소를 띠고서 중얼거렸다.

"쿡, 쿡…… 어때? 다른 나라의, 그저 입만 살았을 뿐인 마법이

랑은 격이 다르겠지. 이것이 '마법에 따른 기술'의 구사, 《마법 대국》특유의 '마법 기술'…… 진정한 '마법'이야…… 쿡, 쿡쿡!"

의미심장한 웃음을 연발하는 신은 이미 승리를 확신하는 것 같았다.

하지만 그리 간단히 풀릴 리가 없겠지, 크로노스는 그러면서 리아라를 불렀다.

"리아라! **그걸** 써── 딜도!"

"예?! ……! 아, 알겠어요! 에에잇!"

리아라가 품속에 감추고 있던, 귀여운 노예들의 기본 장비인 딜도를 꺼내어 위로 들며 발동시켰다.

그 순간, 어스름한 복도의 어둠을 베어내듯 딜도가 환하게 빛나고.

『……?! 싫……어어어어…….』

"꺄…… 사, 사라졌어? ……해, 해냈어요, 크로노스!"

무수한 고스트들이 빛을 받자 녹아내리듯 사라지고, 리아라가 신이 난 목소리로 크로노스를 불렀다.

한편, 자신의 마법이 무효화된 신은 그다지 당황하지 않고 분석을 입에 담고 있었다.

"지금 그 마력…… '성스러운 빛', 그것이 될 만큼…… 그 이상한 막대에 담긴 마력…… 본 적 없고, 이상해…… 입만 산 게 아니라 조금은 하는구나…… 하지만, 쿡쿡…… 그쪽의, 마력이 없는 언니는…… 어떨까……?"

"어, 그쪽, 이라니……! 아테나 씨?!"

리아라가 돌아보며 불렀지만, 조금 늦었다.

"어…… 꺅?! 차, 차가워…… 으, 으."

모든 것을 빠져나간 고스트 한 마리가 등 뒤에서 아테나를 뒤 덮듯 감쌌다. 리아라와 마찬가지로 냉기가 덮쳤을 테지, 크로노스는 얼른 그녀를 끌어안았다.

"아테나! 괜찮아? 나한테 단단히 안겨들어!"

"크, 크로노스 님…… 아, 예. 응……."

힘껏 끌어안을수록 아테나도 팔에 힘을 실었다. 조금 진정이 되었는지 떨림도, 호흡도 점차 온화해졌다.

하지만 《유환 마법》의 무서운 점은 아직도 계속 이어지는지.

『쿡, 쿡…… 있지, 당신…… 뭘 위해서, 태어났어……?』

"…………어?"

갑자기 고스트가 말을 걸자 아테나의 표정이 얼어붙었다. 그 직후, 아테나는 또다시 몸을 떨기 시작했는데 그것이 단순히 냉기 탓이 아님을 크로노스는 이해할 수 있었다.

『마력도 없는데 어째서 태어났어? 모두에게 무시당하고, 학대 당하고, 어째서 부끄러운 줄도 모르고 살아있는데? 쿡, 쿡.』

"아, 아아…… 싫, 어어어……."

귀를 막아도 고스트는 목소리까지도 모든 것을 빠져나오는 모양이었다.

고스트의 매도는 틀림없이 아테나의 트라우마에서 끄집어내는 것. 몸이 아니라 마음을 얼어붙게 만들고, 마음을 죽인다── 그런 마법임을 크로노스는 꿰뚫어 봤다.

"아테나 씨! 지금, 도와줄게요……! 방해하지, 말아요!"

리아라는 이쪽으로 달려오려고 했지만, 신이 날린 무수한 고스트들에게 가로막혀 어쩔 수 없이 맞서 싸우게 되었다.

그러는 사이에 고스트는 마침내──아테나에게 결정적인 한마디를 날렸다.

『너 따윈── 태어나지 않았다면 좋았을 텐데──.』

"……아……."

고스트의 말에 아테나는 말을 잃고, 고개를 숙여버렸다.

아테나가 양손으로 얼굴을 덮으려고 했다. 긴 앞머리를 위에서 뒤덮듯이.

눈물이 보이지 않도록, 감추려고 하듯이──.

──하지만.

『기껏 이런 미인인데, 아깝단 말이지. 얼굴을 드러내는 편이 어울려.』

"…………예?"

절망에 빠지려던 얼굴이 퍼뜩, 위로 향했다.

놀란 표정으로 똑바로 바라보는 아테나에게 크로노스는 미소를 띠며 계속 말했다.

"아테나를 《노예 왕국 크로노스》로 데리고 돌아갔을 때, 같은 소리를 했지. 내성적인 것도 부끄럼쟁이인 것도, 아테나의 귀여운 점인데. 하지만 말이야."

그렇다, 이 또한 그 무렵에── 아테나에게 선사한 말.

"『아테나의 미소를 볼 때마다, 아테나와 만나길 잘했다고 진심으로 생각해.』"

"────!"

그다음 날부터 아테나는 부끄러워서 뺨을 붉게 물들이면서도, 얼굴의 절반이 보이도록 머리 모양을 조금 바꾸고.

"············후훗!"

그리고 크로노스에게 자주── 미소를 띠게 되었다.

지금, 미소를 띤 아테나를 보고 고스트가 당황한 그때.

"────하앗!"

『?! 아, 아아아······.』

아테나 전용의 《노예 성구》인 귀이개를 거대화하여 옆으로 휘둘러 고스트를 간단히 날려버렸다.

"······상관없어, 더 이상 무슨 소리를 들어도······ 태어나지 않았다면 좋았다, 그런······ 설령 다른 모든 인간이 그런다고 해도······ 더는 상관없어."

거대 귀이개를 큰 낫처럼 돌리고 정교하게 움직이며.

아테나는 일찍이 없었던 강한 말로, 자신의 의지를 크게 휘둘렀다──!

"크로노스 님께서, 나와 만날 수 있어서 좋았다고── 그렇게 말해줬으니까! 나는 더 이상 스스로를 죽이지 않아── 덤벼봐!"

아테나가 기세를 발하자, 그 기세를 받은 리아라가 달려가며 외쳤다.

"아테나 씨─! 크로노스만이 아니에요─! 저도 똑같아요…… 아테나 씨랑 만날 수 있어서, 정말로 좋았으니까요!"

"! 리아라 양…… 고마워……!"

"그러니까! 아테나 씨를 괴롭히는 사람은 제가…… 아뇨, 절대로 저만이 아니라!"

환하게 빛나는 딜도로 고스트들을 쫓아버리며, 리아라가 아테나와 나란히 서서.

"'저희'가──용서하지 않아요!!"

'저희', 그것은 크로노스도── 그것만이 아니었다. 노노도, 루아도.

틀림없이 에리나 란, 피, 갈라테아도, 《노예 왕국 크로노스》의 모두도.

아테나를 소중하게 생각한다고── 리아라는 단언했다.

"웃. 뭐, 뭐야…… 뭐야, 너희는…… 큭!"

그때까지 여유로운 태도를 무너뜨리지 않았던 신이 갑자기 당황하여 아테나를 가리켰다.

"아까까지 당신, 약했던 주제에── 어째서 지금, 그렇게나 강해진 거야…… 아니, 마음만이 아니야…… 마력 따윈 없었어, 절대로 없었는데! 어째서 지금, 그런…… 본 적도 없는 신기한 마력을 두르고 있는 거야?!"

"……크로노스 님께서 주었어. 마력만이 아니라…… 강함도, 그래."

"주었다고……? 힘을, 마력을? 그런 건 마치 '그분'……!"

명확하지 않은 말을 꺼내던 신이 으득, 이를 악무는 소리가 울리더니.

"그럴 리가 없어──말도 안 돼! 진짜를 보여주겠어! 전원, 저주로 마구 얼어붙게 만들어…… 이게, '그분'이 주신, 힘이야──!"

신이 그렇게 외친 순간, 그녀의 전신에서 마력의 폭풍이 화악 뿜어 나왔다.

그 마력들은 모두 고스트의 형태를 취하고 덮쳐들었다──!

"뭐…… 뭔가요. 이 이상한 마력…… 이건 마치 《여신의 성구》 같은…… 아테나 씨, 괘, 괜찮아요?!"

"에잇, 에잇…… 으, 응, 어찌어찌. 하지만, 끝이 없네……?"

리아라는 딜도의 '성광(聖光)'으로, 아테나는 거대 귀이개를 휘둘러서 어떻게든 헤쳐 나갔다. 하지만 너무도 수가 많았다.

다급해진 리아라가 크로노스에게 제안을 했다, 만.

"크, 크로노스, 이렇게 됐다면…… 《신검 아리에스》를 부를까요?! 단번에 승부를 내버리는 편이……!"

"아니, 안 돼. 그 녀석은 최후의 수단, 여기서 사용할 수는 없어."

"어, 어어?! 하지만 이대로는 도저히…… 적어도 한 수, 상대를 넘어서기 위해서 뭔가 해야……!"

"후하하, 그 말이 맞아, 리아라. 원래부터 똑똑하기는 했지만, 이런저런 경험을 쌓으면서 전황까지 꿰뚫어볼 수 있게 되었나? 대단하구나, 그래그래."

"어, 그, 그런 게…… ♪ 아니, 그럴 때가 아니잖아요?! ……어?!"

고스트와 싸우며 재주도 좋게 딴죽을 걸던 리아라가 통로 앞쪽에서 갑자기 나타난, 한줄기 바람으로 변한 침입자를 발견했다.

그것으로 왕궁으로 향하기 직전, 저택에서 본── 목줄을 찬 하얀 고양이 한 마리였다.

그 하얀 고양이의 동그란 두 눈과 리아라의 눈이 마주친 순간, 그녀는 소리 높였다.

"저, 저 고양이…… 그래요, 아까부터 느끼던 건 저 시선이에요! 서, 설마…… 저렇게나 귀여운 고양이가 우리를 감시하는 적──."

"──지금이야, 메이! 해치워버려!"

"헤? 메이? ……예, 예───엣?!"

갑자기 크로노스가 꺼낸 여동생의 이름에 리아라가 눈을 크게 뜨며 놀랐다.

하지만 놀라야 하는 것은 지금부터. 기품마저 느껴지는 하얀 고양이가 점점 모습을 바꾸어── 세상에나, 고양이 귀 카추샤와 목줄을 찬, 가련한 메이의 모습으로 변화했다──!

"예에, 크로노스 님♡ 갈게요—!"

메이가 기합과 함께 그녀 전용의 《노예 성구》인 거대화한 주사기를 있는 힘껏 당겼다.

그러자 아무것도 없었을 터인 관 안으로, 메이의 문장을 통해서 형성된 마력의 물이 대량으로 생성되었다.

놀란 것은 신이겠지. 애당초 하얀 고양이의 존재를 깨닫지도 못했는데 갑자기 바로 옆에서 소녀가 나타나고. 그리고 지금 그녀의 태세가 흐트러진 사이에.

"……뭐야?! 치, 침입자, 아직 있었어…… 고, 고스트!"

"소용없어요! 전—부, 깨끗하게…… 씻어버리겠어요———!"

마침내 발사된 대량의 물줄기에—— 세상에나, 넘쳐나던 고스트들이 닿을 때마다 순식간에 사라져버렸다. 그야말로 언니인 리아라의 딜도와 비슷한 힘으로.

"괴, 굉장해요, 메이! 메이한테도 저와 같은 능력이……?!"

"훗, 사이좋은 자매니까 비슷한 능력이 되어도 이상하지 않아. 하지만 완전히 같은 건 아냐. 리아라가 다루는 힘을 《성광》이라고, 그렇게 이름을 붙인다면—— 그래!"

의기양양한 크노로스는 자랑스럽고 귀여운 노예 중 하나인 메이가, 어린 느낌에 사랑스러운 미소녀인 그녀가 사용하는 힘에 품격 있는 이름을 붙였다——!

"부정을 역으로 정화하는——《성수》! 반복한다, 동생 메이의《성수》야——!"

"? 어, 아, 예. 제《성광》도 그렇지만, 어쩐지 그냥 그대로네요?"

리아라는 알지 못하는 것 같지만, 뭐 넘어가자. 그보다도 다른 깊은 의미 같은 건 없으니까. 진짜로.

하지만 메이의《성수》가…… 미소녀의《성수》가 가진 힘은 분명했다. (다시 말하지만 깊은 의미는 없다.) 이 넓은 통로에 가득하던 고스트들을 모두 흘려버린 것에 그치지 않고.

"어, 이, 이거 뭐야…… 말도 안 돼, 이런 거…… 시, 싫어어——?!"

공중에 떠 있던 신마저 붙잡고, 물보라를 일으켜 끌어내려 버렸다.

그런《마법 공주》의 막내를, 옆에 있던 메이가 붙잡았다.

"에잇! 붙잡았어요~…… 놓치지 않을 거니까요!"

"큭, 무슨…… 떨어지세요, 무례하긴……! 으으~읏……!"

신은 바둥바둥 날뛰었지만, 마찬가지로 작은 체구인 메이의 구속을 전혀 뿌리치지 못했다. '마법'에 자신은 있어도 몸은 단련하지 않았는지, 원래부터 강하지 않은 것이리라.

그리하여《유환의 마법 공주》가 완전히 무력화되자 크로노스 일행히 달려와서, 가장 먼저 리아라가 메이에게 말을 건넸다.

"메이! 메이도 와 있었군요…… 깜짝 놀랐어요!"

【최강 노예상의 낙인 마법과 미소녀 함락】
Youichi Hatsumi, kakao 2019
KADOKAWA CORPORATION

"리아라 언니! 예, 크로노스 님한테 받은 목줄이랑 카추샤로, 저택에서부터 계속…… 우후후, 몰래 따라오는 거, 두근두근했어요♪"

"그, 그렇군요. 목줄은《노예 성구》였군요. 강아지 귀라면 강아지로, 고양이 귀라면 고양이로 보인다…… 응? ……하지만 분명히 저택에서 하얀 고양이 메이는…… 크로노스의 얼굴을 날름날름 핥았던 것 같은데? ……메, 메이?"

"에헤헤♡"

"에헤헤♡가 아니라고요? 메이? 메이—?"

대담한 행위를 웃음으로 얼버무리려는 공주 메이, 이 아이는 반드시 거물이 된다.

굳이 메이를 도우려는 것도 아니지만, 크로노스도 리아라에게 보충 설명했다.

"후하하. 리아라가 메이의 시선을 알아차린 건 언니인 만큼 역시나 대단한 부분이겠지만 말이야. 하지만 저택에 있을 때, 야옹이가 어깨에 올라탄 정도로 내가 휘청거릴 리가 없잖아? 그 직전까지 리아라랑 아테나를 끌어안고서 돌아가려고 했을 정도였는데."

"드, 듣고 보니 확실히. ……하지만 크로노스의 '야옹이'라는 호칭…… 아직 익숙해지지 않네요. ……그래도, 뭐."

"으음. 뭐야뭐야, 실례되네. 그보다도, 저건가? 싫었다든지—."

"솔직히…… 좋아하는데요."

"?!"

리아라가 꺼낸 의외의 말에 도리어 카운터를 먹어버린 형태가 되었다.

상당한 기습이었지만, 그때 비난의 목소리를 높인 것은 계속 붙잡힌 상태인 《마법 공주》 신.

"큭…… 다, 당신들…… 나를 무시하고…… 이런 무례를 저지르다니…… 어떻게 될지 알고는 있는 거야……?!"

"──오오, 그랬지. 큭큭큭, 무시한 건 미안한데 말이지? '썩은 것'을 떨쳐내기 위해서──잔~~~뜩 벌을 주고, 함락시켜줘야겠지!"

"……히익?! 버, 벌이라니…… 싫어, 뭐, 뭘 할 생각이야……?!"

"큭큭, 금방 알게 될 거야. 그리고 메이, 단단히 붙잡고 있어! 일석이조로──포상 '조교'를 줄 테니까 말이지!"

"어, 정말인가요? 와─, 기뻐요♡"

어쩌면 '귀여운 노예' 가운데서도 월등한 적응력을 가졌을 가능성마저 있는 메이, 진심으로 기뻐했다.

하지만 언니인 리아라는 거의 예상 그대로, 잠자코 있을 수는 없는지.

"잠깐, 크로노스?! 신 씨를 '조교'한다는 건, 크로노스가 하는 일이니까 무언가 생각이 있겠지만…… 메이까지 조교하진 않아도 되잖아요?! 이상하──."

"자, 이번 '조교'는 평소와 한층 더 다르다고, 큭크.《유환 마법》이란 게 재미있는 힌트를 줬거든.《노예 성구》×《노예 성약》으로, 내가 이번에 처넣는 것은——!"

"잠깐만요, 듣지도 않나요?! 잠깐, 드…… 들으란—! 말이에요—?!"

조금씩 허물없는 말투도 익숙해지는 리아라. 그것이 좋은 일인지 나쁜 일인지, 그건 제쳐놓고.

크로노스는 자신의 《낙인 마법》을 해방하며, 외쳤다——!

"《노예 성구 러브돌(남성형)》×《노예 성약 환각향》으로——.

——《초절미형 주인님 좀비 대행진》이야——!!"

"어. ……꺄, 아…… 꺄아아악?! 크로노스 같은 좀비가, 잔뜩~?!"

리아라가 비명을 질렀다시피, 그 광경은 너무나도 이질적.

일찍이 《신국 아리에스》에서도 사용하여 《여신》의 허상을 비추었던 러브돌. 그러나 비출 수 있는 것은 당연히 《여신》만이 아닌 것이었다.

게다가 《환각향》을 이용하여 겉모습을 변모시켰다. 당연히 모두가 전부 똑같은 외모가 아니라 각자 다친 정도나 위치를 바꾸어 베리에이션이 풍부했다.

무서운 겉모습의, 몸집 큰 남자인 크로노스 좀비들에게 둘러싸여 철썩철썩 몸에 닿자, 신은 "히익" 하는 소리를 흘리며 눈을 부릅떴다.

"히익, 싫어. 아…… 이, 이거, 좀비잖아…… 겉모습도 상처투성이고…….”

『그오, 오오!』『가아아! ……귀엽다.』『여자아아…… 행복하게, 만든다…….』

“읏…… 크, 크로노스! 역시 너무 과해요! 아니, 어쩐지 이상한 좀비지만…… 하지만 이런 무시무시한 광경, 아무리 그래도 터무니없는 트라우마가──.”

“와일드해서…… 멋져……♡”

“제 걱정이랑 염려를 헛되이 만드는 사람, 너무 많은데요?!”

리아라는 분개했지만, 미소녀를 함락시키는 것이 목적인데 그저 무섭게 만드는 것만이 아니었다.

크로노스는 계속 관찰하고 있었다. 고딕풍 패션, 고스트를 본뜬 《유환 마법》, 통로의 장식. 이것들은 틀림없이 신의 취미, 다시 말해.

좀비라면 오히려──신은 무척 좋아할 터──!

……그렇지만 천진무구하고 어린 느낌의 메이는 어떨까?

“꺅?! 크, 크로노스 님…… 어쩐지 평소보다 야성적인데요, 그런 모습도 멋져요♡ 하지만 상처투성이라 가여워요…… 이쪽으로 오세요.”

『워오오오…… 오?』『고, 고오…… 그릉그릉.』『그아…… 위험해, 이 로리…….』

“아픈 거 아픈 거, 날아가라─♡ 자─, 여러분─, 잔뜩 쓰다듬어줄 테니까요─♡”

잠깐만 메이, 너무 강한 거 아냐?

하지만 어쨌든 크로노스 좀비에게 둘러싸여 황홀해 하는 신과 기쁜 듯 쓰다듬어주는 메이는, 각자 벡터는 다르지만 고양된 모양이었다.

그곳으로 가담하지 않을 크로노스가 아니었다. 그렇다, 크로노스도 《환각향》으로 좀비의 외모로 변신, 신과 메이의 등 뒤로 돌아서 들어간 것이었다.

정신없이 즐기는(의미심장), 그런 두 사람 사이로 들어간 사나이 크로노스.

──단숨에 두 사람을 끌어안았다──!

"어…… 히야, 히야아아앙♡"

"앗…… 크로노스 님이에요, 어느새♡ 응♡"

어린 느낌의 두 사람을 동시에 다정하게, 다정~하게…… 그리 느끼게 두었다가 이따금은 좀비답게 격렬히 쓰다듬었다. 물론 크로노스 좀비 군단과의 공동 작업으로.

아직 익숙하지 않은 신은 쓰다듬을 때마다 움찔움찔.

적응력의 화신, 메이는 쓰다듬는 크로노스의 손에 오히려 뺨을 비비며 행복한 듯 눈을 가늘게 떴다. 위험하다고, 이 아이.

어쨌든 벌칙 대상인 신은 이미 그로기 상태.

완전히 끝을 내고자 크로노스는 입을 딱 벌리고.

신의 목덜미를──덥석, 깨물었다──!

"앗, 앗, 앗…… 아아아아앙……♡"

크로노스의 생각대로 신은 온몸이 힘이 빠지고 완전히 함락되었다.

이것으로 미소녀 함락 달성………… 참고로 메이는 어떠냐면.

"어머, 크로노스 님도 참, 메이를 그냥 내버려 두다니 너무해요. 그런 사람한테는~…… 제가 먼저 깨물어버릴래요♪ 깨물, 깨물♡"

외모가 좀비인 크로노스까지 여유롭게 깨물었다.

반대로 이 아이한테 이길 가능성, 있나?

크로노스의 '귀여운 노예' 중 하나이자 리아라의 동생인 메이 역시도 상당히 끝 모를 재능의 소유자라고, 전율할 수밖에 없었다.

■ ■ ■

신이 함락된 뒤로 몇 분도 안 되어서.

"……헉……?"

신은 메이의 무릎베개 위에서 깨어났다. 리아라가 걸어준 회복 마법 덕분이리라.

그렇게 하겠다, 크로노스에게 제안한 것은 리아라 본인이었지만, 그녀는 깨어난 신에게 불쾌함을 감추지 않는 태도로 이야기를 건넸다.

"……깨어난 모양이네요, 신 씨. 이래저래 하고 싶은 말은 있지만…… 우선은 무엇보다도. 당신은 아테나 씨한테 해야만 하는 말이 있는 게──."

"웃…… 아, 앗…… 아테나 님…… 죄송해요…… 죄송, 해요……!"

"──헤?"

그러나 리아라의 말은 신이 드러낸 의외의 반응에 끊어져 버렸다.

하지만 당황한 것은 아테나도 마찬가지. 애당초 신은 아테나를 기억도 못 하던 게 아니었나. 아니면 그때는 그저 단순히 거짓말을 했을 뿐인가.

다만 크로노스만큼은 이해하고 있었다──그렇기에 간결하게 이야기했다.

"마인드 컨트롤이야, 알기 쉽게 말하면. 신은 세뇌 상태에 빠져 있었겠지."

"“…………예?!”"

리아라와 아테나의 놀란 목소리가 동시에 겹쳤다.

두 사람의 시선을 받으며 크로노스는 계속해서 설명했다.

"왜, 신은 도중에 이상한 마력의 《유환 마법》으로 고스트를 대량으로 풀어놨잖아. 《공주님》인 리아라조차 《여신의 성구》로 착각할 정도였던 그 마력은── 신이 '다른 사람'한테서 받은 거야."

"어, 받았다, 고요? ······ 앗?! 그리고 보니 에리 씨도《통신 마법》으로, 싸웠던 병사가 통상적인 상대보다 강해졌다고······ 설마 그것도?!"

"그렇겠지. 왕궁에 가까우면 가까울수록 힘이 강해진다는 소문도 사실일 거야. 힘을 주는 '술자'가 가까울수록 강한 힘을 주고 세뇌도 더욱 강력해진다. 그야말로 인격에까지 영향을 미칠 정도로──그래, 지금의 신처럼, 말이야."

크로노스가 말했다시피 지금의 신에게서는 조금 전까지의 교만한 태도는 흔적도 없고, 오히려 소심한 소녀로 변해버렸다.

오히려 그것이야말로 신의 본질이겠지, 조금 전까지의 어쩐지 연극조 같던 말투도 자취를 감추고 스스로의 자책을 띄엄띄엄 중얼거리고 있었다.

"저······ 저, 기억해요······ 아테나 님이, 왕궁에 있었을 무렵의 일······ 계속, 계속 보고 있었으니까······ 언니들한테 괴롭힘당하던 것도······ 계속, 도와줘야 한다고, 생각했는데······ 그런데 아테나 님을 볼 때마다, 제 마음, 차가워져서······ 마치 죽어가는 것처럼······ 지금은 아닌데······ 어째서, 그때, 저·······."

신은 과거를 떠올리는지 죄책감만이 아니라 공포에도 몸을 떠는 모양이었다.

그런 신을 응시하며, 크로노스는 가볍게 고개를 가로저으며 입을 열었다.

"완전히 꼭두각시가 되는 건 아니니까. '자신의 의지로 행동한다.' 본인은 그렇게 생각하는 만큼, 훨씬 성질이 나빠. 다만 아테나한테서 들은 이야기로는, 신은 아테나를 무시하기는 했지만 다른 자매처럼 직접적으로 괴롭히려고 하지는 않았다고 해. 본질적으로는 다정하든지, 원래부터 마법 재능이 뛰어나서 세뇌를 막고 있었든지. 둘 중 하나인가."

어쨌든, 크로노스는 그러면서 자신이 감행한 '조교'의 성과에 대해서 언급했다.

"그래서 그런 신에게 '조교'를 펼쳐서, '덮어쓰기'해준 거야——결과적으로 신은 세뇌에서 풀려났다는 거지. 굉장히 간단하게 말하자면, 말이야."

"……과, 과연, 그랬군요. ……하지만 어쩐지, 으~음……."

리아라가 석연치 않다는 표정을 띠자, 메이의 무릎베개에서 머리를 든 신이 울먹거리는 눈으로 아테나를 바라보며 다시 사죄했다.

"죄송해요, 아테나 님…… 저, 아무것도 할 수 없어서…… 그러기는커녕 무시하고, 아테나 님의 마음을 상처 입히고…… 저, 저…… 으, 으으~읏……."

신의 울음소리, 그것을 들으며 일찍이 이 왕궁에서 학대를 당했던 아테나는.

"으……어? ……아, 아테나, 님……?"

——미소를 띠며 신의 머리를 쓰다듬고 있었다.

"……아니, 괜찮아…… 아무런 느끼는 것도 없다면, 거짓말이겠지만…… 신이 그렇게까지 책임을 느낄 필요…… 없어. 오히려…… 기뻐. 괴로운 기억만 가득했고, 외톨이라고 생각했던 그

왕궁에서…… 그런 식으로 생각해준 사람이 있었다니…… 조금은 구원을 받은 기분이 들었어. 신…… 고마워."

"! 세상에…… 저, 감사 인사를 들을 자격…… 으, 으으~ 웃……!"

자책은 그치지 않는 것이리라, 신은 눈물도 그치지 못했지만 아테나의 말은 진심에서 나온 것.

크로노스가 그런 아테나의 마음을 헤아리는 사이, 갑자기 메이가 소리 높였다.

"……크로노스 님, 리아라 언니, 아테나 님. 앞으로 전진하세요. 신 씨는 제가 돌보고 있을 테니까요."

"! 메이…… 맡겨도 돼?"

"예, 물론이에요, 아테나 님. 서둘러서 가셔야 하잖아요? 게다가, 우후훗. 둘 다 언니가 있는 입장이라 신 씨랑은 마음이 맞을 것 같으니까, 케어는 맡겨주세요 ♪"

눈치가 빠른데다가 의지되는 메이에게, 아테나는 미소를 띠며 감사했다.

척, 크로노스도 엄지를 세워 들자 환하게 빛나는 미소를 띤 메이가, 작은 손으로 크로노스를 흉내 내어 엄지를 척 세워 들어 답했다.

다시금 통로를 나아가려는데 그때, 신이 크로노스에게 황급히 말을 걸었다.

"저, 저기! 아테나 님을 구해준 거, 당신……이죠? ……감사합니다…… 그리고, 그게, 이건 개인적인 이야긴데요……."

꾸물꾸물 몸을 움직이고 뺨을 물들이며 올려다보더니.

"괜찮다면 또, 저, 절 위해서…… 조, 좀비가 되어, 주겠어요……?"

'어쩐지 듣기에 따라서는 엄청난 일을 요구하는 것 같은데.'

가볍게 전율할 뻔했지만, 신은 좀비 같은 외모에 두근거렸을 뿐이지 딱히 『죽어주세요!』라고 그러는 것은 아닐 거라고, 크로노스는 이를 드러내어 웃었다.

"훗, 맡겨둬! 귀여운 여자애의 바람에 응하는 게, '최강 노예상' 크로노스 님의 역할이야! 기대하고 있어, 신!"

"! 와, 와아…… 기뻐요…… 쿡, 쿡쿡……♡"

이번에는 눈도 웃고 있는데, 신은 아무래도 그렇게 웃는 게 원래의 모습인 듯했다.

어쨌든 《마법 공주》 세 자매 가운데 하나를 돌파했다. 전진하기 위하여, 리아라와 아테나를 데리고 통로를 빠져나갔다.

그렇게 왕궁 안을 나아가는데, 옆에서 달리던 리아라가 갑자기 말을 걸었다.

"……저기, 크로노스…… 물어보고 싶은 게 있는데, 괜찮을까요?"

"응? 왜 그래, 리아라. 뭔가 신경 쓰이는 거라도 있어?"

"아, 예. 아니, 이것저것 있기는 한데, 우선…… 이번의 적에 대해서, 예요. 그건 틀림없이 신 씨가 말했던…… '그분', 이겠죠?"

리아라는 본인도 알고 있을 내용을 입에 담고, 그리고 의문을 던졌다.

"신 씨가 세뇌를 당했고…… 어쩌면 다른 공주들도 세뇌를 당했을지도 모른다. 그건 알겠어요. 하지만 대체 누가, 무슨 목적으로 그런 짓을 하는 건가요? 애당초 힘을 줄 수 있다니, 그런 능력…… 대체 누구인 거죠?"

"응? 누구냐, 그야──어─, 그게 말이지."

크로노스가 말끝을 흐린 그 타이밍에──《통신 마법》이 끼어들었다.

『──크로, 들려? 긴급 사태…… 지금, 우리는, 그쪽으로 가고 있는데.』

"노노? 왜 그래, 무슨 일 있었어?"

크로노스가 대답하자 함께 달리던 리아라와 아테나의 표정에도 긴장감이 떠올랐다.

노노의 대답이 돌아올 때까지 잠시 시간이 걸렸다. 교전 중인지 한창 싸우는 소리만이 울리고.

간신히 날아온 노노의 보고는.

『《마법 공주》와──조우, 했어. 윽!』

"……예?! 노, 노노 씨, 괜찮아요?!"

가장 먼저 리아라가 걱정하며 소리 높였다. 조금 전에 신과 싸우고 '주어진' 것을 포함한, 이상한 힘을 봤으니 어쩔 수 없었다.

지금 노노 일행이 고전하고 있음은──명백했다.

■ ■ ■

크로노스 일행보다는 늦게 왕궁으로 들어선 노노 일행. 크로노스가 별동대 측으로 병력을 많이 투입해준 덕분에 거의 어려움 없이 나아갈 수는 있었다.

하지만 그것은 중앙정원에 도달할 때까지의 이야기.

"——까핫! 진짜 우르르르, 짜증 나는데!"

새된 목소리를 내지르며 그림자도 떨쳐놓을 속도로 뛰어다니는 한 소녀.

어렵지 않게 따라갈 수 있는 것은 에리 정도였지만 처리하는 수준에 이르지는 못하는 듯했다.

"핫! ……후우, 빠르네. 쫓아가는 거, 큰일이겠어."

"흥, 당연하잖아! ……그렇게 말하고 싶지만, 여기까지 날 따라올 수 있는 녀석, 처음인데. 이쪽은 '마력'으로 완전 강화했는데, 말도 안 된다고."

하아, 성가시다는 듯 한숨을 내쉬는 그 소녀가 바로 《마법 공주》 '세 자매' 중 '차녀'.

그런 것 치고는 상당히 허물없는 말투였지만, 그녀는 갑자기 날카로운 눈빛으로 노려봤다.

"그보다도 너희들…… 여기가 어디고 내가 누군지 알고는 있어? 날 너무 얕보다가는 말이지…… 어떻게 될지, 알고서——."

"——《마법 공주》 키튼. 키튼 레 갈리오스 네일 엔테, 잖아."

"! 흐~응…… 너 처음 보는 얼굴인데, 알고서 왔다는 거네. 헤에~."

노노가 그녀의 이름을 입에 담자 《마법 공주》 키튼은 입술에 손을 대며 말했다.

"그렇다면 이거, 꽤나 계획적인 녀석인 거 아냐? 나, 틀림없이 《용사 공주》가 혹사당하다가 폭발해서, 자포자기한 심정으로 반란을 일으킨 게 아니냐고 생각했는데…… 그저 분위기를 탄 게 아니라면, 뒤로 무언가 작전이라도 있는 느낌? 하아~, 어이없네, 그거~."

공주라는 신분인 것치고는 이상하게 가벼운 말투였지만 그녀의 통찰력은 의외로 날카로웠다.

다만 그녀의 성격이 직설적인 편이라는 것은 인상 그대로.

"일단은 뭐, 자잘한 건 뒤로 미뤄둘까── 너희를 박살 낸 뒤로, 말이야!"

키튼이 외치는 것과 동시에, 그녀의 몸에서 도를 넘어서는 강렬한 마력이 넘쳐흘렀다.

그러자 배꼽을 드러내고 길이가 짧은 미니스커트를 입고 있는 키튼의 가벼운 복장에 이변이 일어났다. 모든 옷자락에서 발광과 함께 장식으로 프릴이 형성되었다.

단순히 겉모습이 바뀐 것만이 아니었다. 막대한 마력이 응축되고 의상을 통해 키튼의 육체를 강화했다.

활시위를 당기듯 공기가 팽팽해지고, 《마법 공주》는 사나운 미소를 띠고.

"《조명(爪鳴)의 마법 공주》 키튼──날뛰어줄게."

그 순간, 그 자리에 목소리만을 남기듯 키튼의 모습이 사라졌다.

노노 일행 가운데도 특히 더 정신이 팔린 루아 방향으로 에리가 달려가고.

"! 루아…… 위험해!"

"어, 어? ……꺄, 꺄―――악?!"

에리가 창을 내지르자 쩡, 금속끼리 부딪치는 듯한 소리가 울렸다. 칫, 혀를 차는 소리만 남기고 또다시 키튼은 사라졌다.

비명을 지르며 눈을 희번덕거리던 루아가 허둥지둥 에리에게 머리를 숙였다.

"뭐, 뭐뭐, 뭐가 뭔지 모르겠지만…… 구해준 거죠? 에, 에리 씨~, 감사합니―."

"웃, 미안해, 틈이 없어―핫!"

"꺄―악?! 에, 에리 씨, 사라졌어……?"

말도 거의 없이 땅을 박찬 에리를 보고 루아는 그저 곤혹스러울 뿐이었다.

노노는, 생각했다. 에리와, 그리고 자신 말고는 아마도 어떤 공격이었는지도 알 수 없을 거라고. 노노 본인도 거의 눈으로 좇는 것이 고작이었다.

이어서 노노가 눈으로 좇아간 곳으로 에리가 달려가며 소리쳤다.

"갈라테아, 피! 엎드려!"

"! 피!" "어…… 꺄, 꺄악?!"

즉각적으로 의도를 헤아렸는지, 갈라테아가 달려드는 기세로 피를 엎드리게 했다.

에리가 《용창 트리아나》를 옆으로 휘두르자 또다시 충돌음이 울려 퍼졌다.

하지만 그것은 금속끼리 부딪히는 소리가 아님을, 그 자리의 모두가 간신히 이해했다.

키튼이 가하는 공격의 정체는 그녀의 손끝에서 뻗은 '손톱'──화려한 색으로 장식된 다섯 손톱이 각각 레이피어처럼 뻗어 금속음을 울리는 것이었다.

이것이 '조명', 울리는 발톱──《조명의 마법 공주》키튼──!

유연한 고양이처럼 몸을 젖힌 키튼이 여유로운 미소를 띠었을 때, 루아가 웬일로 기세 좋게 노성을 던졌다.

"치…… 치사해요! 에리 씨랑 노노 씨가 강하다고 해서 피하고, 약한 저나 마법사인 갈라테아 씨랑 피 씨를 노리다니!"

"허어~? 무슨 소릴 하는 거야, 그렇다면 다수로 소수랑 싸우는 건 비겁하지 않아? 상대는 나 하나인데 말이지. 그보다도 약점으로 보이는 곳을 노리는 건 전술의 기본인데. 애당초 남의 나라 왕궁에 침입해서 그런 소릴 하는 것부터가 잘못 아냐?"

"뭐, 그건…… 그렇지만……."

비교적 정론인 키튼을 상대로 간단히 패배해버린 루아. 실제로 강인한 배리어를 치기 전에 공격해버리는 것이, 루아를 상대로는 가장 이치에 맞는 전법이고.

하지만 노노는 그저 말하도록 내버려 둘 생각은 없었기에 키튼에게 지적하는 말을 던졌다.

"상대가 하나…… 잘도, 그런 소릴 하네. 그 이상한, 마력. 네 것만 있는 게, 아니잖아. 빌린 힘으로…… 거들먹대지 마."

"……호오? 호오~…… 어떻게 알고 있는 걸까~…… 이거, 우리나라의 사람들도 거의 모르는 이야기인데…… 역시 당신들, 그냥 반역자가 아닌 모양이네?"

포식자를 연상시키는 키튼의 눈빛에 경계하는 기색이 어리었다.

한편, 유일하게 키튼과 싸우던 에리가 《용창》의 창끝을 눈앞으로 들고 무언가를 결의하는 모양이었다. 만.

"확실히 강적…… 하지만 이런 곳에서 막혀 있을 수는 없어. 내가 《용창 트리아나》의 진정한 힘으로──!"

"──안 돼, 에리. 그건, 최후의 수단. ……크로라면, 그렇게, 말해."

"! ……노노."

노노의 제지에 에리는 창을 거두었지만, "그럼 어떻게 하지?"라고 눈짓으로 말을 건넸다.

그야 뻔하잖아, 노노는 한 손으로 자신의 포니테일을 쓸어 올리고 말했다.

"이런 곳에서, 발이 묶여 있을 수는 없어──둘로, 나뉘는 거야! 에리, 루아와 갈라테아를 데리고, 먼저 가. ……《마법 공주》는."

노노는 전용《노예 성구》인 밧줄을 양손으로 들며 드높이 기세를 올렸다.

　"노노랑──란하고, 피가! 쓰러뜨리겠어!"
　"어. ……어, 어어어?! 란 씨는 몰라도, 피도 말인가요?!"
　"그래. 회복 역할, 필요하니까. ……그보다도, 노노의 기세, 찬물을 끼얹지 말아 줄래?"

　의외의 지명에 피는 당황했지만, '문장'을 통해서 리아라의 목소리도 날아들었다.
　『자, 잠깐만요, 노노 씨?! 저희도 싸웠는데, 마력을 받은《마법 공주》의 실력은 심상치가 않다고요…… 여러분만으로 싸우다니, 세상에.』
　"하지만, 그쪽도, 이겼잖아? 그렇다면, 이쪽도, 이겨. 그보다도, 얕보지 말라고."
　『아, 아뇨, 저희한테는 복병의 책략도 있었으니까…… 크, 크로노스! 크로노스도 뭐라고 좀 해줘요!』
　리아라가 재촉하자 거의 틈도 없이, 노노가 언제라도 목이 빠져라 기다리는 목소리가 전달되고.
　『노노.』
　"! ……크로."
　혹시 그가 무리하지 말라고 그런다면, 노노는 분명 순순히 따를 것이다.

그렇게 마음이 이어진, 절대적인 지배자—— 크로노스가 전한 말은.

『——그쪽은 맡길게, 노노!』
"——응, 맡겨줘, 크로♡"
『예?! 크, 크로노스, 세상에, 위험해요——.』

끈질기게 걱정하는 리아라의 목소리는 들렸지만 노노는 시원스럽게 통신을 끊었다.

그대로 에리에게 "가"라며 눈짓만으로 신호하자, 그녀는 상황을 헤아리고 갈라테아와 루아를 재촉하여 달려갔다. 말로 꺼내지 않더라도 전해지는 만큼 마음은 상당히 잘 맞는 듯했다.

에리 일행이 중앙정원에서 왕궁 안으로 침입하기 직전, 루아가 돌아보고 크게 소리쳤다.

"……노노 씨! 부디 무사히…… 반드시, 나중에 다시 만날 테니까요!"

"알았어, 알았어. 딱히, 질 것도 아니니까. 됐으니까, 얼른 가. 빨리."

"차가워! 으으, 평소 그대로라서 안심했지만요!"

내성적인 성격은 어디로 갔는지, 그렇게나 큰 목소리가 나올 만큼 성장한 모양이었다.

에리 일행이 떠나는데도 그다지 당황한 기색도 없이, 키튼은 경쾌하게 웃었다.

"꺄핫. 아―아, 가버렸네. 여기서 나한테 지는 게 차라리 나았을 텐데. 당신들, 우리가 '세 자매'라는 거 잊었어? 나 말고도 둘, 있는데."

"(막내, 벌써 쓰러뜨렸지만)흥…… 웃을 수 있는 거, 지금뿐. 노노의 동료, 얕보지 마. 아니면…… 여기서 패배하지 않으면, 모르는 건가?"

"품, 꺄하하…… 《용사 공주》라면 모를까, 아까 그 시점에서 따라오지 못했던 녀석들이 상대가 되겠냐고. 특히 격투가 란…… 마력은 당연하고 특기인 스피드조차, 내 발밑에도 미치지 못하는 주제에…… 너 따위가 남아서 뭘 어쩌려고?"

도발이라기보다 그저 단순히 얕보고 바보 취급 하는 것 같은 말.

하지만 그 말을 들은 란은 조용히, 그저 조용히 계속 그 자리에 서 있고.

"……후~~~…… 스읍~~~~……."

크게 숨을 내쉬고, 더욱 깊이 숨을 들이마셨다.

얼굴을 살짝 숙인 란이 차분히 자세를 취하며 중얼거린 것은.

"……정말, 그래. 나, 사실은 에리 님이랑 나란히 싸워야만 하는데 말이야…… 항상 중요한 순간, 도움이 안 되어서. 한심하기 짝이 없어. ……하지만, 그렇지만.

높이 든 다리를 내리찍어 대지를 내디디며, 란은 외쳤다.

"언제까지고――계속 아무 도움도 안 될 수야, 있겠냐! 싸우는 방법이라면, 크로노스 두목이 가르쳐줬어!《조명의 마법 공주》키튼──내가 당신을 쓰러뜨리겠어!"

란의 마법은 마력으로 육체를 강화하는 단순한 것.《마법 대국》의 '마법 기술'을 놓고 본다면 애들 장난이나 마찬가지로 비칠지도 모른다.

하지만 그 마력을 모조리 한 점에 집중하면──어떨까.

"간다…… 받 · 아 · 라아아아앗…… 에에에에에잇!"

"읏?! 흐─응…… 스피드 승부라는 거야?! 웃기지 말라고!"

거의 동시에 우르릉, 땅울림 소리가 둘 겹쳤다. 넓고 화려한 왕궁의 중앙정원에서, 어두운 밤을 가르는 두 그림자가 공중에서 몇 번이고 교차하며 미친 듯이 춤추고.

그 그림자 중 하나, 란을 향해 노노가 외쳤다.

"란! 절대로 멈추지 마! 종횡무진, 계속 움직여서 교란시켜!"

"! 예, 알겠습다── 노노 선배!"

순순히 지시에 따르는 란. 그녀는 노노와 체격이나 전투 방식이 가깝기도 하여 마음이 맞았다. 에리와 같은 시기에 노예가 된 란과는 자주 엮였던 것이다.

당연히 훈련도 함께 했지만, 그 사실을 몰랐을 피는 놀라서 물었다.

"라, 란 씨랑 노노 씨, 어느샌가 친해졌네요…… 피, 몰랐어요. 노노 씨 쿨한데 의외로 다른 사람을 잘 돌보는 면이──."

"뭐, '어디까지나 평범한 크기의 미유(美乳) 동료'니까, 조금은? 참고로 노노랑 란, 뒤에서 '음란한 거유들을 떼어내는 동맹'이니까."

"그렇게나 무시무시하게 손을 잡았다고요?! 모르는 편이 행복했을 거라고요—?!"

"피는…… 뭐, 아슬아슬, 목숨은 구했어. 다행이네. 오히려 우리랑, 손잡을래?"

"목숨을 구했다는 것도 동료가 되자는 것도, 절묘하게 기쁘지 않은데요 이거! 안 들은 걸로 할 테니까, 피를 끌어들이지 말라고요?!"

싫어하는 피를 보고 칫, 혀를 찬 노노가 다시금 교전 중인 란과 키튼을 봤다.

"뭐, 지금은 그럴 때가, 아니니까. ……좋아, 때가 됐어. 노노도——간다!"

경쾌하면서 빠르게, 고양이 같은 유연함으로는 노노도 두 사람에게 지지 않았다.

하지만 노노의 판단은 잘못이었을까. 키튼은 무언가를 꾸미는 듯 사악한 미소를 띠고 있었다.

"꺄핫…… 드디~어 왔네, 기다리다 지칠 지경인데. 냉큼 둘이서 같이 덤비면 그만일 텐데."

"흠, 너무 얕보시네! 노노 선배랑 나한테 이길 수 있을 거라——."

"아~, 그러네. 큭, 역시 이거…… 힘들지도…… 그럴 리가 없지!"

히죽, 더욱 깊은 미소와 함께 키튼의 양손에서 손톱이 모두 뻗어 나오고.

도합 열 개의 금속보다도 강인한 손톱을, 현악기를 뜯듯 튕겼
다──!

"소리라면 못 막겠지──《조명》──!!"
"──?! 윽, 꺄아……?!"
유리를 할퀴는 것 같은 불쾌한 소리가 대음량으로 울려 퍼지
고, 지근거리의 란도 아직 조금 떨어져 있던 노노도 무심코 양손
으로 귀를 막고 말았다.
키튼은 딱히 얕잡아보고서 '두 사람 동시에 상대'를 하려던 것
이 아니었다. 한꺼번에 행동 불능에 빠뜨리고자 기회를 엿보던
것이었다.
하지만 근성 덕분이라고 해야 할까, 란은 그럼에도 다리를 치
켜들고.
"이, 정도로…… 멈출까 보냐! 받아라아아아아앗!"
"오─, 무서워라…… 몹쓸 짓을 당하는 건, 싫으니까~…… 그
럼 안녕★"
하지만 란의 내리차기는 너무도 허무하게 허공을 갈랐다.
전혀 엉뚱한 방향으로 가는 키튼을 란은 멍하니 지켜봤지만,
허나.
"어? 뭐야, 어디로…… 설마?! 피…… 도망쳐!"
키튼이 노리는 것은, 그렇다, 처음부터 피였던 것이다. 노노가
오는 것을 기다린 것도, 두 사람을 동시에 행동 불능으로 빠뜨리
려던 것도.

"어…… 마, 말도 안 돼, 세상에…… 싫어——."

고립되어버린 피를 노리고——흉악한 손톱을 휘두르기 위해서——!

"시——싫어——!"

"꺄하하하핫! 이걸로 우선, 하나——!"

"피…… 피——!"

비명을 지르는 피와, 지금 손톱을 들어 올린 키튼과, 쫓으려고 해도 명백하게 쫓지 못할 것 같은 란.

그런 세 사람이 일직선으로 늘어선 참에, 노노는 한마디.

"——뭐, 이렇게 될 거라고, 노노, 내다봤으니까."

"꺄————핫? ……흐갸악?!"

꾹, 노노가 아무것도 없는 것처럼 보이는 허공을 붙잡고 잡아당기자—— 키튼이 신음을 흘리며 움직이지 못하게 되었다.

……아니, 이변이 벌어진 것은 란과 피도 마찬가지라서.

"어? 어라, 잠깐, 이거 뭐야…… 자, 잡아당기는데~~~?!"

"피, 피도?! 아니, 어, 설마…… 꺄~~~앙?!"

세상에나, 란과 피가 끌려간 곳에는 적인 《마법 공주》 키튼이.

셋이 한꺼번에 칭칭 묶이고, "이거 뭐야?!" "어떻게 된 거야?!"라며 피아 구분 없이 떠들어대는 곳으로 유유히 걸어온 노노가 입을 열었다.

"란, 피, 설명 안 해서, 미안해. (살짝) 뭐가 뭔지, 그런 느낌이

겠지만…… 알기 쉽게, 하려면. ……'투명화', 풀게."

"어…… '투명화'?! 아니, 어…… 어어~~~!"

란이 놀라는 것도 무리는 아니었다. 선언했다시피 노노가 《노예 성약》으로 작용시켰던 '투명화'를 풀고 드러낸 것은.

이 또한 그야말로 노노의 《노예 성구》──그녀들을 구속하는 밧줄이었다──!

설마, 잔뜩 놀라서 란은 추측을 입에 담았다.

"노, 노노노, 노노 선배…… 나한테 밧줄, 장치했던 검까?! 앗?! 그래서 종횡무진으로 날뛰라고, 그런 이야기를?!"

"그래. 잘 했어요. 정답, 정답─."

"너무한 짓을 해놓고 대답도 너무해! 너, 너무하다고, 노노 선배~~~?!"

한탄하는 란에 이어서 피도 당연히 불만을 입에 담았다.

"그보다도 그럼, 피도 미끼로 삼았던 건가요?! 너, 너무하잖아요, 그거! 가르쳐달라고요?!"

"혹시 가르쳐줘서, 움직임이 부자연스러워지면, 곤란해. 키튼, 의외로, 똑똑해. 다소의 오차로, 발각당할 가능성, 있었으니까…… 게다가."

"게…… 게다가?"

"피는, 어쩐지 좋은 미끼, 될 거라고 생각해서."

"역시 너무해─?! 크로노스 두목이라면 틀림없이 이런 짓 안

할 텐데—!"

두—웅, 그런 소리가 들릴 것만 같이 쇼크를 받은 피. 뭐, 피를 미끼로 삼은 것은 크로노스가 루아를 취급하는 모습을 보고 배운 방식인데.

하지만 사실 그녀들의 존귀한 희생 덕분에 《마법 공주》의 구속에 성공했다……고는 해도, 당사자 키튼이 그저 밧줄에 묶인 것만으로 얌전히 있을 리도 없으니.

"웃, 이걸로 이겼다고 생각해……? 확실히 이 밧줄, 이상한 마력이 느껴지지만…… '그분'께 힘을 받은 나라면! 이런 건 간단히 뜯어버릴 수 있어! 여기 둘, 같이 묶은 걸 후회하라고! 으랴—."

『—그렇게 두지 않으려고, 내가 있거든.』

"어? ……하, 하냐—앗?! 뭐, 뭐야…… 이거 뭐야, 하얀 촉수?!"

허공에서 뻗어 나온, 두꺼운 채찍을 연상케 하는 하얀 촉수 하나가 키튼의 양팔을 붙잡았다.

동시에 촉수가 뻗어 나온 허공에서 '투명화'가 해제되어 나타난 그림자가 하나.

의연하고 서늘한 미소를 갖춘 그녀야말로, 《신국의 방패》—피오나다—!

"메이 님도 계셨으니 당연히 나도 있지—물론 크로노스 경의 지시로 말이야. 하지만 내게 직접 명령을 내린 건…… 노노 경, 훌륭해."

깜박, 피오나가 윙크를 하자 "이예—"라며 브이 사인으로 답하는 노노. 어쩐지 이런 면이 '적당'하다는 소리를 듣는 거라고, 생각지 않는 것도 아니었다.

어쨌든 노노의 밧줄과 피오나가 가진 딜도에서 뻗어 나온 촉수. 두 가지《노예 성구》로 마침내《마법 공주》키튼을 완전히 구속했다.

하지만 키튼은 그럼에도 투쟁심이 시들지 않는 눈빛으로 노려보고.

"……흥! 나를 붙잡았다고 해서 뭐가 어쨌다는 건데? 도적 주제에 죽이지도 않는다니, 나한테서 정보를 끌어내려고? 얕보지 말라고. 설령 고문을 당하더라도, 당신들한테 이야기할 것 따윈 아무것도──!"

"허? 그런 걸 할 리가 없잖아. 여자애를 아무렇게나 취급하면, 크로, 화낼 테고."

"허, 허어? 크로라니, 그건 누군데…… 그보다도, 그럼 어쩌려고──."

"…………그야 뻔하잖아."

번쩍, 노노가 날카롭게 눈빛을 반짝이자 "히익" 하며 키튼이 처음으로 비명을 흘렸다.

대체 무슨 일이 시작되느냐며 겁먹은 그녀에게── 노노는 콰악, 밧줄을 붙잡고서 고했다.

"크로를 대신해서── '조교'야★ ……같은 거?"

"허. 조, 교…… 뭐어?! 조교라니 뭔데─?!"

이미지와는 다르지만 숫처녀인 듯 얼굴을 새빨갛게 물들이고 바동바동 날뛰는 키튼.

그리고 함께 구속된 상태의 란도 황급히 소리 높였다.

"어, 어어?! 저기, 노노 선배도, 저기 그게…… 조, '조교'를, 할 수 있슴까……?!"

"응, 여하튼 노노, 크로랑 가장, 오래됐으니까…… 조금은, 배웠어. 당연히, 크로만큼 굉장하진 않지만, 말이지."

어흠, 장래성이 가득한 가슴을 펴는 노노에게── 이번에는 피가.

"……저, 저기! 노노 씨가, 그게…… 조, '조교', 가능하다는 건 알겠는데도…… 하지만. 하지만, 말이죠?"

쭈뼛쭈뼛, 말하기 힘들어 하면서도, 그럼에도 물어본 것은.

"……피랑 란 씨는, 풀어줘도 되는 게 아닐까 해서──."

"자, 두 사람도, 각오를 다져! 간다! 자, 간다─!"

"조, 좀 들어달라고요 노노 씨─?!"

'이럴 때는 기세로 밀어붙여라'라는, 스승 크로노스의 가르침을 떠올리는 노노였다.

게다가 함께 하얀 촉수로 구속해준 피오나도 앞으로 나서서.

"훗, 노노 경, 서운하네요. 외람되지만, 저도 돕도록 하죠. 부끄럽지만 크로노스 경에게는 상당한 처벌을 받은 몸…… 부디 맡겨주시길."

"피오나…… 헤헷, 고맙네. 크로라면, 이렇게, 말할 것 같아."

"말할 것 같죠……. 뭐, 어쨌든——시작할까요!"

크게 기합을 넣는 피오나에게 동조하여 노노도 고개를 끄덕이고.

마침내—— 축제가 시작되었다——!

■ ■ ■

노노가 자신의 《노예 성구》인 밧줄을 꾹 잡아당기자.

"앗…… 꺅! 뭐, 뭐하는 거야…… 레이디한테, 실례잖아—— 으 웃?!"

"레이디? 그렇다면…… 말투, 신경 써. 아까, 날뛰던 것도 그렇고…… 교육 부족, 심각. 벌, 줘야겠지?"

"그, 그런 거, 필요 없…… 응, 뀨우…….."

밧줄로 힘껏 잡아당겨 몸이 젖혀지자 키튼은 더 이상 아무 말도 할 수 없었다.

하지만 무방비하게 젖혀진 키튼의 몸으로 하얀 촉수가 다가가고.

"흠, 레이디로서의 취급인가, 이런 실례했네. 그럼 키튼 경, 당신이 말하는 레이디로서의 취급이란…… 이런 걸까?"

"어……? ……하앗?! 아, 아냐…… 만지면, 안 돼, 잖…… 오♡"

몸통을 촉수로 쓰다듬자 마침내 요염하게 느껴지는 교성을 흘리고 만, 키튼.

"아…… 아, 아앗…… 당신드으으을…… 이런 짓…… 이런 짓!"

목소리가 높아지자 그것을 굴욕으로 느꼈는지 키튼이 화산이 터질 듯한 기세로 외쳤다.

　"이런 짓, 미래에 신부가 될 때까지 절대로 해선 안 되는 걸, 몰라?! 여자들끼리라고, 용서될 것 같냐고! 바보들이!!"

　"⋯⋯응, 으응~⋯⋯ 피오나 씨, 이건⋯⋯."
　"으, 으음. 뭐⋯⋯ 말투나 외모치고는, 그게⋯⋯ 꽤나 순정이라고 할까⋯⋯."
　"응. ⋯⋯크로가, 기뻐, 하려나."
　"기뻐할 것 같네요⋯⋯."
　키튼이 드러낸 의외의 일면에 살짝 당황한 노노와 피오나였다.
　자, 적인 키튼의 분개는 당연하겠지──만, 동료에게서도 불만이 터져 나오는 것은, 란과 피의 목소리가 잘 드러내고 있었다.
　"잠깐만─?! 그러니까 우리까지, 어째서 이런 걸─?! 필요도 없잖습까! 어, 아니, 잠깐, 안 된다니까?! 여, 옆구리, 는⋯⋯ 햐응♡"
　"라, 란 씨, 정신 차려요! 큭, 피도 경건한 시스터 축에는 끼어요. 이런 밧줄이랑 촉수 따위한테 지진 않아요⋯⋯ 앗, 몸, 문지르면 안 돼애♡"
　"잠깐, 피, 정신 차리라고─?! 어째 벌써부터 이래저래 괜찮은 거야?!"
　괜찮아, 전통미입니다요.

멋들어진 즉시 함락을 선보여준 피와, 달래면서도 간지러워서 몸부림치는 란.

그리고 조금 전까지의 기세는 사라지고 뺨을 붉게 물들이며 거친 숨을 내쉬는 키튼.

"하아, 하아…… 이, 이거, 뭐야……. 이상해…… 몸 안쪽에서, 막혀 있던, 뭔가가…… 사, 사라지고, 있어? 안 돼, 안 돼…… 이거…… '그분'의, 마력……."

"……키튼, 혹시 그거, 좋은 거라고 생각했어? 아니야. 그게, 당신의 마음을, 좀먹고…… 조종했어."

"허? ……무, 무슨 소리…… 나, 나는…… 으, 앗?!"

"노노는, 그거 없애려고…… '조교', 하는 거야. 자…… 이걸로, 마지막!"

꾸욱, 밧줄을 최대한 잡아당기자 키튼의 몸에 이제껏 없었을 만큼 젖혀지고, 란과 피도 바싹 붙어서.

셋이서 동시에, 노노의 밧줄과 피오나의 촉수에 희롱당하고――.

""""아, 아, 아―――아아아~~~, 앗♡"

풀썩, 인형의 실이 끊어지듯―― 아니, 실제로 키튼을 조종하는 사악한 실은 끊어졌을 터.

마침내 구속을 풀고, 정중하게 키튼을 눕히고.

마찬가지로 피를 눕히고, 마지막으로 란을 풀어줬다. 만.

"……나, 납득이 안…… 갑다. 풀썩."

알 수 없는 한마디만 남기고, 힘이 빠져 쓰러지는 것이었다.

■ ■ ■

너무도 넓은 왕궁을 달려가며 크로노스 일행은 노노가 보낸 통신을 듣고 있었다.

대략적인 내용을 이야기하면, 『《마법 공주》에게 완전 승리, '조교'로 세뇌도 풀었다.』『이번 MVP인 노노에게, 나중에 포상 희망. 구체적으로는 사타구니를 씻고 기다려』라고.

리아라는 이 전과(와 노노의 요구)에 놀랐지만, 노노를 믿고 있던 크로노스가 보기에는 당연.

다만 지금은──노노의 '문장'을 통해 전해지는 인물의 목소리가 문제라서.

『으, 으으, 으~웃…… 아테나 님…… 나, 나, 아테나 님께, 어찌나 지독한 짓을…… 미안해요. 으웃…… 죄송해요오~…….』

울음 섞인 목소리를 보내는 것은, 조금 전 사납게 노노 일행과 교전했던 《마법 공주》 키튼. 말투는 제쳐놓고, 마치 사람이 바뀐 것 같았다.

리아라와 아테나는 신을 상대했을 때와 마찬가지로 놀랐다. 하지만 크로노스는 이것도 세뇌가 풀린 결과라고 생각하면 당연하다, 그러면서 고개를 끄덕였다.

그건 그렇고, 《통신 마법》으로 '문장'을 통해 계속 사과하는 키튼에게 아테나는 대답하려고 했다……만, 이때 크로노스가 그녀에게 귓속말을 해봤다.

"저기, 키튼…… 그렇게 사과하지 마. 나는…… 어, 크로노스님? 음, 어, 으음……?"

『으, 으으…… 아, 아테나 님? 저기, 나…….』

"『과거는 돌이킬 수 없어. 절대로 용서하지 않아. 마음의 상처…… 원망을 풀어야 하지 않을까―.』

『죄송해요오오오…… 흐에에에엥…….』

"어어, 아니야, 키튼! 저, 정말이지, 크로노스 님도 참……!"

드물게도 잔뜩 화내는 것 같은 행동을 하는 아테나. (귀엽다.)

반면에 크로노스는 가볍게 웃으며 머리를 쓰다듬어주자, 아테나는 살짝 입술을 삐죽이면서도…… 결국에 미소로 답하고는 다시금 키튼에게 말했다.

"……키튼. 나…… 아까 말했듯이, 옛날 일, 잊지 못할 거라고 생각해. 그 무렵에는 정말로…… 힘들었으니까."

『으, 아, 저, 역시…… 죄, 죄송해요, 웃……!』

"하지만, 있지. 나, 크로노스 님께서 구해주신 덕분에…… 지금은 앞을 바라보고 있어. 그러니까 키튼이 '잘못했다'고 생각해준다면…… 과거를 돌이켜보며 후회하는 것보다…… 함께 앞을 바라봤으면 해. ……안 될까?"

『웃! 아, 아테나 니이임…… 예…… 예, 흐에에~엥…….』

모성적이며 다정하고, 내성적이면서도 마음이 넓은, 그런 아테나가 꺼낼 답변을 크로노스는 알고 있었다. 리아라도 마찬가지인지 응응, 몇 번이고 고개를 끄덕였다.

'이 몸의 귀여운 노예'이자 절세의 미녀인 아테나는 자랑스럽게 생각하면──이번에는 크로노스가 키튼에게 통신을 보냈다.

"뭐, 그런 거야. 아테나는 내가 무슨 일이 있어도 지킬 거고 행복하게 해줄 테니까 안심해. 그러니까 이제 그만 울고──기껏 귀여운 목소리인데, 쉬어버리잖아. 후하하──."

『……뭐, 뭐?! 무슨 소릴 하는 거야?! 다, 당신이 크로노스구나. 아무리 아테나 님의 은인이라고 해도, 당신…… 당신은 말이지!』

"어라, 기세가 돌아왔네. 후하하, 화났어? 사실은 남자를 싫어한다든지──."

『귀엽다고 그러다니, 그, 그런 건…… 프러포즈나 마찬가지잖아?! 알고는 있어?! 정말…… 그, 그런 말을 해버린 책임…… 제대로, 지라고, 알겠지♡』

'어쩐지《마법 공주》, 위험한 녀석들뿐이네.'

뭐, 세뇌 당했던 기간도 길었으니까 어느 정도는 어쩔 수 없을지도 모른다.

어쨌든 그 시점에서 통신을 끊고, 크로노스 일행은 또다시 전진하는 것에 전념했다. 노노 일행과는 헤어진 에리 일행도 같은 장소를 향해 나아가고 있으리라.

하지만 그때 갑자기 소리를 높인 것은──리아라였다.

"크로노스, 좀 전에 물어보려다가 못한 걸…… 물어봐도, 될까요? ……하나 더, 새로이 느낀…… 의문도 포함해서."

"응? 어──, 으음. 뭐였더라. 아마도──내가 이 몸의 '귀여운 노예'를 얼마나 사랑하는지, 였나? 후하하, 어쩔 수 없네——."

"아테나 '님'. ……이건 어떻게 된…… 거죠?"

크로노스가 얼버무리려고——아니, 괜히 부끄러움을 감추려 드는 걸 그만두면 분위기가 풀리려나 싶었지만.

하지만 이미 무언가를 헤아렸는지 리아라는 진지하게 추궁했다.

"처음에 신 씨가 그렇게 불렀던 건 성격 때문일까, 생각했어요…… 메이 정도 또래니까 연상을 상대로 예의를 차리는 걸까. 하지만 그다지 나이 차이도 없는 것 같은 키튼 씨도 아테나 씨를 '님'이라고 불렀어요. 비슷한 신분의 공주님, 이라고 들었는데…… 이건 좀 부자연스러워요."

조금, 이라고 하기에는 너무도 강한 확신이 담긴, 리아라의 눈빛.

똑바로, 꿰뚫을 듯한 눈빛과 함께 리아라는 다시금 따져들었다.

"신 씨랑 키튼 씨가, '그분'이라고 부르는 건…… 저희의 '적'은…… 아테나 씨를 국외 추방한 흑막은…… 대체 누군가요?"

"으, 음. 어—, 그건 말이지. ——그게, 말이야."

한손으로 뒤통수를 긁적이며, 대답하기 전에 크로노스가 본 것은 아테나였다.

그러자 아테나는 고개를 가로젓고…… 대신에, 그러면서 입을 열었다.

"크로노스 님. 배려해주셔서…… 감사해요. 하지만…… 저, 말할게요. 이건 제가 이야기해야만…… 한다고, 생각하니까."

"그런가. 무리할 필요는 없으니까 말이지, 아테나. 힘들면 언제든지 대신해줄게."

"예…… 감사합니다, 크로노스 님. ……후우, 하아……."

달려가는 발걸음 그대로, 아테나는 가볍게 심호흡을 한 번 했다.

마음을 가라앉히기 위해서겠지, 그러고서야 간신히 아테나는 리아라에게 설명했다.

"《마법 공주》가 '그분'이라 부르고…… 과거에 나를 국외로 추방한, 그 사람은…… 이 나라의 수장. 《여신의 성구》에게 선택된……《공주님》, 이야."

"……읏! 그런가요…… 아니, 공주라는 신분의 사람이 경외시하니까 그렇지는 않으려나, 생각은 했어요. 아테나 씨도 '신탁'을 받은 《공주님》이라고 크로노스에게 들었으니까, 그래서 아테나 씨를 꺼림칙하게 여기고 추방했다는 거군요. ……하지만 그런, 《여신》님을 배반하는 것 같은……."

"……그리고 그 사람은."

"예? 아, 그저 《공주님》일 뿐인 게, 아닌가요? ……아테나, 씨?"

그 한마디는 아테나에게 얼마나 무겁고 힘겨운 것인가.

그럼에도 아테나는 말할 것이다. 이제는 그저 학대당할 뿐인 약한 여자가 아닌, 지금의 아테나라면.

그것이 얼마나 잔혹하고── 슬픈 일, 일지라도.

"내── 어머니, 야."

제4장 ──시시해!

아테나는 과거를 떠올리며 이렇게 생각했다.

자신의 어머니에게는, 딸인 아테나 따윈 전혀 보이지 않았던 거겠지, 라고.

애당초 정말로 모녀 사이였을까, 그것마저 의심하게 되어버린다.

《마법 대국 엔테》의 수장으로 군림하는 《공주님》이기도 한 어머니가, 평상시부터 아무리 바쁘고 쓸데없는 일에 마음을 쓸 여유가 없었다고 해도.

적어도 아테나가 철이 든 뒤로는 계속, 계속.

제대로 된 대화를 나눈 적이라고는── 한 번도, 없었다고 하니까.

■ ■ ■

어중간한 성보다도 훨씬 커서 끝이 없는 것처럼 여겨질 정도인 왕궁의 긴 통로를, 크로노스 일행은 묵묵히 달려갔다.

하지만 그 전진에도 간신히 끝이 보였다.

한순간 밖으로 나온 것이냐는 착각마저 들 법한, 휑뎅그렁하게 트인 커다란 방.

그 안쪽에는 과장스러울 만큼 옆으로 넓은, 긴 계단이.

그리고 그 계단 앞에── 최후의 《마법 공주》가 휘황찬란한 의

자에 앉아 있었다.

화사한 드레스를 몸에 두른, 크로노스 일행보다 조금 연상일 그녀는 팔걸이에 뺨을 괴고서 요염한 미소를 띠고——.

"우훗…… 잘~도 여기까지 왔구나, 미천한 침입자 주제에. 내가 누구인지 알고서 이런 행패일까? 우후후…… 모른다면 가르쳐주——."

"——거기서 비키세요."

척, 매몰차게 말한 것은 리아라.

아테나에게서 이번 일의 '흑막'—— '그분'의 정체를 들은 뒤로, 리아라는 계속 **이런** 상태였던 것이다.

청렴하고 예의바른 그녀가 건드리면 불이 붙을 것 같을 만큼의 분노를 머금고, 길을 가로막은 《마법 공주》를 향해 계속해서 말했다.

"저는, 물어봐야만 하는 게 있어요. 당신들이 말하는 '그분'에게…… 말해야만 하는 게, 있어요. ……그러니까 비키세요."

"……우훗, 갑자기 나타나서 무~슨 소릴 하는 걸까…… 의미 불명이네——."

"안 들리나요. 저는 이렇게 말하는 거예요. ——당장 비켜, 라고."

지금의 리아라는 상대의 말을 들을 생각이라고는 없이—— 주먹을 움켜쥐고 격정을 쏟아냈다——!

"친어머니이면서도 하나뿐인 딸, 아테나 씨를 소홀하게 대한—— 이 나라의 《공주님》에게, 용건이 있다고요!!"

너무도 넓은 이 방에서조차 구석구석까지 울려 퍼질 정도의, 노성.

그리고 그 노성에 《마법 공주》의 분위기가 변하고.

"……아테, 나……? 지, 지금 당신…… 아테나라고, 그랬어? 아, 아아…… 마, 말도 안 돼, 뒤에, 당신…… 아, 아테나…… 설마, 세상에, 살아있었……."

의자 위에 앉은 상태로 부들부들 떨며 양손으로 얼굴을 뒤덮은 《마법 공주》가.

"……풋, 우훗…… 우후훗…… 우후훗! 자, 장난치는 거지?! 당신…… 돌아와 버렸다고?! 바, 바보 아냐…… 우후훗!"

"……힉?!"

더는 참을 수 없었는지 웃음을 터뜨리기 시작하는 《마법 공주》를 보고, 아테나가 짧게 비명을 흘리며 크로노스에게 매달렸다.

한편, 정면으로 대치하던 리아라는 더더욱 분노를 드러냈다.

"웃?! 뭔가요…… 대체 뭐가, 우습다는 건가요……! 아무리 이나라의 《공주님》에게 세뇌당했다고 해도, 용서할 수 없어요──."

"허어? 우후훗…… 뭘 착각하는 걸까? 하아~, 바보구나, 당신도."

"……예? 착각이라니…… 다, 당신은 깨닫지 못했을 테지만──!"

"깨닫고 있어. 다 안다고. 나를 누구라고 생각하는 거야?"

"…………어, 예?"

무슨 소린지 알 수 없어 어리둥절한 리아라를 보고 《마법 공주》
는 유쾌한 미소를 띠며 뻔뻔스럽게도 이어지는 말을 입에 담았
다.

"나는 이스펜——이스펜 르 파울 라이아 엔테. 《마법 공주》 '세
자매'의 장녀, 다시 말해 《공주님》을 제외하면 이 나라 최강의 마
법사야. 그런 내가, 우훗…… 세뇌라니! 알아차리지 못할 리가 없
고, 걸릴 리가 없잖아!"

"……무슨, 소린인가요…… 그렇다면 마치…… 당신은……."

"우훗, 당신, 얼마나 행복한 곳에서 태어나고 자란 아가씨야?
모두가 사실은 좋은 사람이다, 그런 생각이라도 하는 거야? 인간
의 본성은 선, 그런 소리를 하는 타입일까?"

사람의 마음속 아픈 부분을 훤히 아는 것처럼, 그곳을 정확하
게 도려내듯이, 최후의 《마법 공주》 이스펜은 악의를 숨기지 않
고 말했다.

"세뇌 같은 건 안 당했어—— 나는 내 의지로, 그러고 싶어서!
아테나, 당신을 내려다보고, 학대했던 거야! 우후훗, 우후후훗!"

"————윽!"

이스펜의 말에 아테나는 한층 더 강하게 몸을 떨며 움츠러들 듯
고개를 숙여버렸다.

대치하는 리아라는 틀림없이 이제까지 느낀 적이라고는 없었
을, 도를 넘어선 분노를 주체 못 하여 떨리는 어깨와 말로 중얼거

렸다.

"다, 당신…… 웃기지, 말라고요…… 당신의 처사가 아테나 씨의 마음을 얼마나 상처 입혔는지 알고…… 알고는, 있나요……?!"

"물론이야, 그러고 싶어서 그런걸, 우훗! ……세상 물정 모르는 아가씨는 모르겠지만 말이야. 당신은 말이지, '우연히' 청렴결백할 수 있었을 뿐이야. 태어난 곳도 자란 곳도 다르다면 취향도 다르겠지? 아가씨도 혹시 환경이 다르다면── 악독하고 비겁하고 오만한, 그런 인간이 되었을 거야, 우후훗!"

"웃…… 웃기지 마, 나는──!"

분노에 떨리는 목소리 그대로 반론하려는 리아라──.

──를 대신하여, 크로노스는 냉정하게 입을 열었다.

"잠꼬대하지 말라고, 이스펜."

"허? ……뭐야, 당신…… 나한테 무슨 무례한──."

불쾌한 듯 얼굴을 찡그린 이스펜을, 하지만 크로노스는 무시하고 담담하게 고했다.

"설령 어떻게 태어났든 어떤 환경에서 자랐든, 리아라는 지금과 크게 다르지 않을 거라고──올곧으면서 누구보다도 다정한, 절세의 미녀 그대로란 말이지."

"! ……크, 크로노스……."

얼굴을 새빨갛게 물들이며 리아라는 지극히 감격한 목소리로 이름을 불렀다.

그것은 빈말도 겉치레도 아니었다. 크로노스는 손을 들어 이스펜을 가리키고, 단언했다.

"똑같이 취급하지 말라고, 이스펜. 자기 근성이 뒤틀리고 썩어 빠진 걸, 태어나고 자란 환경 탓으로 돌리는 것뿐이잖아. 마치 아테나를 자기 아래로 보는 모양인데——실제로는 질투한 거겠지. '그분'의 딸이자 《여신》한테서 《공주님》으로 선택된 아테나를."

"……허어?! 웃기지, 마…… 어째서 내가, 마력도 없는 그 따위 한테!"

"후하핫! 마력도 없다 운운, 그것 말고 다른 레퍼토리는 없나?! 빈곤하네, 응? 이 나라 최강의 《마법 공주》란 이름이, 울어대는 꼬맹이처럼 아우성쳐댄다고!"

"……이, 이게…… 비, 빌어먹을 남자가아아아……!"

으득, 이 가는 소리를 울린 이스펜. 하지만 이마에 작게 파란 힘줄을 떠올리며 이번에는 아테나를 가리켰다.

"훗, 우훗…… 말은 꽤나 달변인 모양이지만…… 중요한 아테나는 과연 어떨까? 지금도 옛날에도, 꼴사납게 부들부들 떨고 있을 뿐이지…… 몸은 어엿하게 자란 주제에, 항상 약한 마음 그대로인 약자는 말이지……!"

"웃. 아…… 꺄, 악!"

갑자기 이스펜의 말이 신호가 된 것처럼, 아무것도 없는 공간에서 갑작스럽게 출현한 검은색 사슬이 아테나를 단단히 묶었다.

아니, 사실 그것은 이스펜의 소행임을 그녀 스스로가 밝혔다.

"우훗, 발동했네—— 여기는 내 '영역'. 자신의 마음을 좀먹는 어둠이 크면 클수록 몸을 강하게 묶는 사슬이 실체화되지! 우후, 우후훗!"

"뭐야…… 아테나 씨, 괜찮아요?!"

실체화되어 아테나를 칭칭 묶은 사슬은 강하게 조여드는 것만이 아니라 금속 재질인 겉모습 그대로의 무게도 지닌 모양이었다. 달려온 리아라도 크로노스도, 아테나를 떠받치며 이질적인 사슬의 무게를 확실하게 느꼈다.

이것은 마음을 좀먹는 어둠의 크기보다 실체화된 사슬── 그렇기에 이스펜은 추가 공격을 가하듯 말의 나이프를 던져댔다.

"아~아, 어리석네, 아테나. 어째서 바라지도 않았는데 돌아와버렸어? 또 옛날처럼 학대당할 뿐인 생활로 돌아오고 싶었던 거야? 우후훗! 뭔데? 피학 취향인가? 그렇다면 어디 바라는 대로 해줄까?!"

"그, 그만해, 그 이상, 아테나 씨에게…… 지독한 소릴, 하는 건……!"

"아아, 하지만 무리겠네, 돌아오다니. 그게 너…… 여기에 있을 곳 따윈, 없잖아. 잊었어? 널 쫓아낸 건 누구였는지…… 너, '그분'한테, 우훗…… 친어머니한테 쫓겨나서…… 노예로 전락했다고?! 우후후훗!"

"──그만두라고 그러는 걸, 모르겠나요! 이스펜!"

몇 번이고 리아라가 화를 내도, 이스펜의 악담은 그치지 않고.

게다가 리아라는 크로노스를 보고서 강한 초조함을 드러냈다.

"?! 세, 세상에…… 크로노스한테까지, 사슬이…… 웃, 하, 하지만, 이건……!"

이곳이 이스펜의 '영역'이라면 아테나만이 아니라 크로노스에게도 마법의 영향이 미치는 것은 이상한 일이 아니다──만, 그의 이상한 모습에 리아라의 표정을 새파랗게 질려버렸다.

크로노스의 몸에 감긴 것은 사슬, 이라고 부르는 것도 꺼려지는 너무도 두꺼운 철 덩어리. 무엇보다도 애처롭게 여겨지기조차 하는 거대한 '자물쇠 세 개'는 짓눌릴 것 같은 중량감을 자아냈다.

크로노스에게서 발견된 이상한 검은 사슬에, 이스펜은 희열이 담긴 웃음을 터뜨렸다.

"우후, 후훗! 뭐야, 그 커다란 사슬. 본 적도 없어! 당신 대체 어떤 어둠을 품고 있는 거야? 죄책감? 아니면 후회? 대체 어떤 인생을 살면 그렇게 되어버리는 건데?! 그래서야 움직이기는커녕──그대로 으스러지는 거 아냐?! 우후훗!"

"뭐…… 마, 말도 안 돼요, 세상에! 크, 크로노스……!"

거슬리는 이스펜의 말에 리아라의 눈에는 초조함, 그리고 고맙게도 눈물이 어리었다.

그것은 아테나도 마찬가지라, 자신도 괴로울 텐데 걱정해주고 있었다──.

"크…… 크로노스 님. 괘, 괜찮으세──."

"아테나, 괜찮아? 그 사슬, 무거워 보이는데."

"──후에?"

──하지만 크로노스가 가볍게 말을 건네자 당황한 목소리로 대답하며 허둥대고 말았다.

"어, 어…… 아, 아뇨. 크로노스 님이야말로, 그 사슬…… 무겁지는……."

"아아, 이거? 그렇진 않다고, 딱히. 새삼스럽게 이런 걸 봐도, 그런 느낌이야. 나는 이 무게를 잊은 적 따윈 없고, 품고서 살아가겠다고 다짐했어. 홋, 하지만 그건, 그러네—— 아테나, 너도 나와 같겠지."

"제, 제가, 말인가요? 저도, 크로노스 님과 같다고……?"

여전히 사랑스럽게 고개를 갸웃거리는 아테나를 보고, 크로노스는 당연한 소리를 입에 담았다.

"이제 와서 저 정도 독설에 흔들릴 만큼—— 아테나는 약하지 않잖아?"

"! ……크로노스, 님……."

이것은 당연한 이야기—— 적어도 크로노스는 진심으로 그렇게 믿었다.

크로노스가 잠시 아테나를 마주 보고 있자 이스펜이 혀를 차고.

"칫, 뭐야, 의미 불명에다 시답잖은 소리를 하는 남자네. 하지만, 우후후…… 겁쟁이 아테나가 약하지 않다니, 어지간히도 엉뚱한 소리를 하는구나? 어리석네, 미천한 자는. 아아, 딱 맞으려나. 잘 어울려, 마력도 없는 무능한 녀석이랑 천박한 남자라니. 우후훗!"

"웃, 아직도 그런 소린가요, 이스펜…… 이제 그만 좀 하세요! 아테나 씨, 저런 말, 들을 필요 따윈 없으니까요!"

리아라는 반론하며 아테나와 크로노스 앞에 서서, 대신에 반론

했다.

그리고 아테나가 자신을 감싸주는 리아라에게…… 속삭이듯 건넨 말은.

"……리아라, 양…… 나…… 나, 어쩌지…….."

"아테나 씨…… 괜찮아요! 저런 사람은 제가 지금부터, 그래…… 호되게 해치워서, 후회하게 만들어줄게요! 그러니까——."

"이제, 전혀…… 무섭지는, 않게 되었을……지도."

"그래요! …………예?"

아테나의 말은 리아라에게 의외였을 것이다.

당연히 그것은 마구 험담을 하던 이스펜도 마찬가지였는지.

"허? ……뭐야, 겁쟁이 아테나? 억지로 허세를 부려봐야 그 사슬이 감겨 있는 이상, 너는 아무것도 못 하고 그저 점점 짓눌릴 뿐이라고…….."

"——시시해."

"허? ……어, 엇?"

이스펜이 멍하니, 입을 떡 벌렸다.

점점 짓눌릴 뿐이라고, 그녀가 그렇게 말한 아테나는 검은 사슬에 감긴 채로.

하지만 그런 것은—— 마치 없다는 듯, 움직이기 시작했으니까.

"가볍네…… 크로노스 님의, 말대로. 나, 깨닫지 못했어…… 내 마음을 속박하던 게…… 이렇게나 가볍고…… 시시한 것이었다니. 이곳으로 돌아오고서, 간신히…… 깨닫게 되다니. 나…… 바보구나."

"그, 그래, 바보야…… 너 따윈, 마력도 없고 무능하니까! 내 사슬에, 내 말에 묶어서 짓눌리면──!"

"이런 사슬도, 시시해. 나는 이런 것보다 더욱…… 무겁고, 크고, 소중한 거…… 이미 받았는데."

"허, 허어?! 무, 무슨 소리를……!"

이제는 이스펜이 던지는 말의 나이프 따윈, 아테나는 종이처럼 얄팍하게 느끼고 있을 것이다.

아테나는 겁먹지 않고 사슬을 끌며 전진했다.

"시시해, 이스펜! 네가 나한테 던진 백 마디의 욕설 따위보다── 그 사람이 건넨 단 한마디가 훨씬 더 커!"

아테나의 손 안에서 빛나는 것은, 그야말로 그녀에게 주어진 것.

사슬 따위보다 훨씬 가볍게 보이는 귀이개── 그녀 전용의 《노예 성구》가 크게, 힘차게 변화하고.

"──시시해! 네 약해빠진 말보다──크로노스 님이 건넨 말이 몇백 배나, 몇천 배나──크고 강하니까──!"

자신을 휘감은 성가신 사슬을── 단 일격으로 잘라냈다──!

동시에 크로노스를 뒤덮은 사슬과 자물쇠까지 종이를 찢듯 날려버렸다. 이 결과를 당연한 일이라며 크로노스가 이를 드러내어 웃자, 아테나는 미소로 그에 답했다.

한편 이스펜은 멋대로 약하다고 믿던 아테나가 자신의 마법을 격파했다는 사실에 경악했는지, 떨리는 입술에서 말을 자아냈다.

"어, 어째서 마력도 없는 아테나가 이런 힘을…… 가지고, 크로, 노스…… 노예상, 크로노스?! 그래, 그랬어, '그분'이 토벌 대상으로 지정한 남자?! 그런가, 역시 거기 있는 빌어먹을 남자가, 그랬던 거구나…… 웃, 후…… 우후홋!"

표정은 거의 웃고 있지 않지만 허세를 부리려는 것인지 소리 없는 웃음을 머금으며, 이스펜은 아테나를 끈덕지게 규탄했다.

"불쌍하구나, 아테나! 마력도 없는 너는 더러운 노예상 따위에게 아양을 떨 수밖에 없었다는 거네! 우후홋! 전직 공주라고는 여겨지지 않을 만큼 한심스러──."

"이스펜, 네가 나한테 던지는 말은, 행동은…… 그 노예상이 준 것의 발밑에도…… 무엇 하나, 미치지 못해. 불쌍한 건 너야."

"으읏……! 다, 당치도 않은 소리를……!"

"? 저기, 그건…… 어느 쪽이?"

어리둥절, 천연덕스럽게 고개를 갸웃거리는 아테나를 보고 이스펜은 얼굴이 달아오르고 말았다. 마치 얼굴의 홍조가 그대로 마력이 된 것처럼 이스펜의 손바닥에 불꽃을 형성하고.

"이게──마력도 없는 게! 나를 얕보고 떠들어댄 걸 후회하면서…… 백 번, 절멸해라앗!"

"아…… 말로 안 되면 실력 행사. 응, 알고 있어…… 그런 사람이 꽤 있지."

"지, 지껄여대지 마아아아! 잠자코 불타버려랏!"

자포자기한 어린애처럼 전력으로 던진 불꽃에, 아테나는《노예 성구》인 거대 귀이개를 들어 맞서려고 했다.

하지만 그때, 공기를 찢어발기듯 날아든 것은 '지상 최강'의 목소리와 신체.

"아테나──제대로, 이야기했구나. ……열심히 한 거, 들렸어."
"어…… 앗, 에리 양……?!"

놀란 아테나와 이스펜 사이에 내려서서, 에리는 《용창 트리아나》를 가볍게 가로로 휘둘러 발사된 불꽃 덩어리를 단번에 지워버렸다.

그리고 에리는 이스펜에게서 등을 돌리고, 이어서 크로노스에게 말을 건넸다.

"쿠, 리아라도, 기다렸지. ……나, 안 늦었어?"
"오오, 딱 맞춰 왔어. 나이스 타이밍이야, 에리!"

척, 엄지손가락을 세워들자 에리는 어쩐지 기쁜 듯 눈을 가늘게 떴다.

하지만 이 대화를 들은 이스펜은 득의양양하게 웃음을 터뜨렸다.

"우, 우후훗! 안 늦었냐고…… 역~시 아테나는, 보호를 받지 않으면 아무것도 못 하는구나? 입만 살아서는, 그까짓 불꽃도 혼자서는 대응하지 못하다니, 역시 무능──."

"──어머어머어머~, 이스펜, 넌 역시 아무것도 모르는구나~? 지금 '안 늦었냐'는, 그런 의미가 아닌데~."

"! 당신, 갈라테아⋯⋯ 그래, 그렇구나."

서글서글한 미소의 미녀, 갈라테아를 보고 이스펜을 미간을 찌푸렸다.

"뭐,《용사 공주》와 입국한 단계에서 알고 있었지만⋯⋯ 정말로《마법 대국》을 배신했구나. 우후후, 마법을 좀 쓸 수 있다고 해봐야 어차피 야만스러운《용국》의 인간이라는 걸까."

"어머어머~, 유감이네⋯⋯ 나는 처음부터 에리네 동료라고~? 《마법 대국》의⋯⋯ 당신 같은 음험한 사람한테 붙은 기억은 한 번도 없어, 우후후~."

"⋯⋯우후, 우후훗. 이거고 저거고, 말은 잘도 하네⋯⋯ 그래서, 대체 뭐가 '안 늦었다'는 걸까⋯⋯?!"

"어머, 그야 뻔하잖아~?"

뺨에 한 손을 대며 갈라테아가 웃자.

교대하듯 에리가 자신들의 진의를, 아무렇지도 않게 밝혔다.

"이스펜―― 당신을 쓰러뜨리는 역할에 '안 늦었다'고, 그러는 거야."

그것은 도발일까. 아니, 에리니까 그저 단순히 사실을 이야기했을 뿐.

하지만 역시나 자존심이 강한 이스펜의 분노를 부추겼는지.

"훗, 우후훗⋯⋯ 누가, 나를 쓰러뜨린다고⋯⋯? 이름뿐인《용국》의 야만족이 나를⋯⋯ 우후후후후."

흔들, 이스펜의 모습이 아지랑이처럼 일렁였다──고 착각할 만큼, 그녀의 몸에서 넘쳐 나오는 이상한 양의 마력과 함께 소리를 터뜨렸다.

"《관절(冠絶)의 마법 공주》 이스펜을──얕보지 마라아앗!"

드높이 말한 이스펜이 발하는 마력은, 크로노스 일행이 싸웠던 신이나 노노 일행이 상대한 키튼과는 비교도 되지 않으리라.

마력을 준 '그분'의, 가장 가까운 곳에 있는 최후의 요새. 게다가 세뇌에 힘을 할애하지 않은 만큼 순수하게 힘만을 얻고 있을 터였다.

폭풍 같은 마력을 앞에 두고 '지상 최강'의 《용사 공주》는.

"응. 그럼 쿠, 아테나, 리아라…… 먼저 가. 여기는 맡겨."

역시 크게 안색도 바뀌지 않았지만 풍부한 표정이라면 맡기라고(말하는 건 아니지만), 리아라가 걱정을 입에 담았다.

"에, 에리 씨, 하지만…… 지금 이스펜의 힘은 이상해요…… 적어도, 적어도 이번에는 모든 전력으로 부딪치는 편이 나은 게……."

"안 돼. '그분'…… 그러니까 이 나라의 《공주님》이 자신의 병사가 가까울수록 강한 힘을 준다면, 오래 끌수록 불리해져. 중추 도시의 외곽에는 군도 있을 테지…… 최악의 경우에는 이미 오고 있을지도. 반드시 단기 결전으로 끝내야지. 오늘 밤 안으로 승부를 내야 해."

"하, 하지만…… 하지만!"

"……리아라, 걱정해줘서 고마워. 하지만…… 괜찮아. 그렇지, 쿠?"

리아라에게 고개를 끄덕인 뒤, 시선을 움직인 에리가━《용창 트리아나》를 들며 물었다.

"내 '최후의 수단'을 사용하는 건━ 지금 이 순간이면 되려나?"

그 물음은 대답에 대한 확신마저 품고 있었다. 굳이 말하지 않더라도 알 수 있다는 듯.

그녀 역시도 마음으로 이어진, 크로노스의 '귀여운 노예' 중 하나━ 홋, 웃음을 건네며 크로노스는 에리에게 부탁했다.

"그래! 여긴 맡길게━ 에리!"
"쿠…… 응. ━내가 맡았어♡"

에리치고는 드물게도 얼굴에 띤 웃음이, 든든하고 환한 빛을 발하는 것처럼 보였다.

리아라랑 아테나와 함께 나아가기 전에, 크로노스는 갈라테아에게도 말을 건넸다.

"갈라테아, 열심히 해! 혹시 아직 네 마음속에 막힌 것이 있다면━ 여기서 한 번, 깨끗하게 청산하고 와!"

"! 우후후, 크로노스 두목님도 참~…… 정말로 훤히 꿰뚫어 보시네~."

"당연하지, 이 몸의 '귀여운 노예'에 대한 거라면! 그럼 나중에 또 보자고── **잘 전해달라고!**"

"우후후~…… 예~♡"

갈라테아의 서글서글하고 명랑한 미소의 배웅을 받으며, 이번에야말로 크로노스 일행은 나아갔다.

하지만 그렇게 두겠느냐며 두 팔을 벌리고 막아선 것은 이스펜.

"우후후, 아테나, 아테나아아아…… 도망칠 수 있을 거라고, 생각했어? 전력을 발휘하는 내가 구사한 마법은, 이 넓은 방 전체를 뒤덮고 있거든…… 우후, 우후훗!"

"읏…… 이스펜……!"

이스펜의 말은 과장이 아님을, 넓은 방 전체에 그물처럼 펼쳐진 막대한 마력으로 아테나도 이해한 듯했다.

하지만 크로노스는 어디까지나 일직선으로.

"무시!"

"! 아…… 예, 크로노스 님!"

지극히 간결하게 재촉하자 아테나도, 리아라도 그를 믿고서 따라주었다.

무시당한 당사자, 이스펜은 역시나 분노에 사로잡힌 모습으로.

"우후, 훗, 대체 어디까지, 얕보고…… 됐어, 폭염으로 가득 채워주지! 뼈도 남김없이, 전부 불타버려라──."

"그렇게 두지 않아. 《용창 트리아나》의, 진정한 힘…… 보여주겠어!"

크로노스 일행이 빠져나가는 것을 엄호하듯, 에리의 《용창》이 환하게 빛났다.

하지만 그것을 본 이스펜은 오히려 여유로운 표정을 띠고 있었다.

"우후후후⋯⋯《용창 트리아나》의 진정한 힘, 이라⋯⋯ 설마 내가 그걸 모르고, 그래서 우위에 설 수 있다⋯⋯ 그런 생각이라도 하는 걸가? 바보구나! '그분'은 훤히 꿰뚫고 계셔! 어디까지나, 저 먼 곳까지도 관통하는 고주파 블레이드──일점 돌파의 힘으로, 광범위하게 퍼진 내 마력을 가로막을 수 있을 거라고 생각해?!"

"그래. ⋯⋯알고 있구나, 과연⋯⋯ 하지만 알고 있는 건 '일점 돌파'의 힘뿐, 이려나?"

"⋯⋯⋯⋯허, 어?"

이스펜은 뒤집어진 목소리를 흘렸지만, 한 번 퍼지기 시작한 마력은 진정될 줄을 몰랐다. 과장이 아니라 넓은 방 전체를 뒤덮으려는 마력이 뜨거운 열기를 띠기 시작한, 그때.

에리는 머리 위, 좌우로 창을 몇 번이고 선회하여 반회전을 반복.

"《용창 트리아나》의 힘을 분산시키면──'고주파 결계'도 가능해──."

격렬히 춤을 추듯 창끝을 연속하여 번뜩일 때마다──이스펜의 폭염을 《용창 트리아나》의 형태 없는 고주파 칼날이 차례차례 가르기 시작했다──!

에리는 '고주파 결계'라고 입에 담았지만, 실제는 상당한 우격 다짐이었다. 고주파를 발산하며 끊임없이 고속으로 창을 펼쳐 억지로 광범위한 공방을 실현시킬 뿐.

긴 역사에서도, 아마도 《용사 공주》를 제외하면 불가능한 곡예 이리라.

그 덕분에 크로노스 일행은 계단을 단번에 올라갈 수 있었다.

"──좋─아! 여기는 맡긴다고, 너희들! 우리는 진짜 보스를 쓰러뜨리고 올게── 이게 끝나면 다 같이 승리의 건배다!"

"응. 승리를 믿고 있을게, 쿠♡"

"저희도 얼른 결판, 지어버릴 테니까요~♡"

에리와 갈라테아에게 배웅을 받으며, 웃으며 고개를 끄덕인 크로노스 일행은 최후의 적에게 이어지는 길을 달려가는 것이었다.

■ ■ ■

얼른 결판을 짓는다, 그렇게 말하는 갈라테아를 노려보는 것은 《관절의 마법 공주》 이스펜.

"……있잖아, 갈라테아, 당신…… 지금, 뭐라고 그랬을까? 결판을 내버리겠다니…… 당신들의 패배로, 라는 거지? 그렇겠지, 우후훗."

"……설마? 우리의 승리로……라는 거야, 우후후~♪"

"우훗, 우후훗! 웃겨주시네, 잘도 그런 소릴…… 당신이 이곳 《마법 대국》으로 유학을 왔을 때, 나한테 단 한 번도 이긴 적이 없는데…… 게다가 최근까지 스파이로서 이용당할 뿐이었던 당신 따위가!"

이스펜의 말은, 진실. 마력의 양도 '마법 기술'도, 이제까지 한 번도 이기지 못했다. 아무리 배워도, 아니, 배울수록 차이를 통감하게 될 뿐이었다.

하지만 바로 그렇기에, 갈라테아는 지금 애써 미소 짓고.

"그렇다면 오늘, 처음으로 이기겠어── 오만불손하고, 약자를 내려다보는 이스펜. 당신에게, 완전한 패배를── 가르쳐주지."

"으, 웃……! 어디 해보라고오오오오?!"

포효와 함께 넓은 방에 펼쳐진 폭염이 불바다처럼 타올랐다.

이 이상한 힘을 아직 안색도 변하지 않고 처리하는 에리는, 역시나. 하지만 《여신의 성구》를 전개하여 휘두르고 있는 이상, 이윽고 한계가 올 것은 명백.

《마법 대국》에서의 싸움 전체를 놓고도 말할 수 있겠지만 승부를 길게 끌어서는 안 된다.

그렇기에 공격을 처리해주는 에리 옆에서 갈라테아는 자세를 취하고 마력을 집중했다.

그런 갈라테아를 역시나 이스펜은 모멸하고, 비웃었다.

"풋…… 우후후, 《용사 공주》라면 모를까…… 당신 정도의 마법사가, 무슨 생각이야? 그저 물을 발사하는 것뿐, 물 탄환을 날리는 것뿐…… '마법 기술'의 편린도 다루지 못하는, 그저 말뿐인

'마법'으로는 그야말로 언 발에 오줌 누기인데! 우후훗!"

"……그러네, 그 말이 맞아…… 나만의 힘으로는, 모든 게…… 아득히 미치지 못해~."

"우훗, 우훗! 알고 있잖아, 그래, 그렇게 판별력을 발휘하면 된다고! 모두, 모조리, 약자는 머리를 숙이고 나한테 복종하면──."

"나만의 힘이라면── 미치지 못하겠지만, 말이지?"

"……허? ……당신, 갈라테아…… 그거…… 대체, 뭐야?"

이스펜은 어안이 벙벙했다. 《용창》을 휘두르는 에리에게도 비밀로 했던 탓인지, 잠시였지만 놀란 표정을 짓게 만들고 말았다.

여하튼 지금, 갈라테아가 든, 오른손의 갑주에는.

크로노스가 지닌 《낙인 마법》의──'문장'이 새겨져 있었으니까──!

"자, 알려줄게, 이스펜──학대당하던 약자가 언제까지고 계속 약자라고 단정해서는 안 된다는 것을! 당신이 모르는 힘이──존재한다는 것을!"

기구하게도 힌트는 이전에 자신을 격파한 메이가 주었다.

몰래 가지고 있던, 크로노스에게서 직접 받은 딜도를 오른손으로 붙잡고, 외쳤다.

"작은 물방울이라도, 집중하면, 바위마저도 뚫는다! 받아라, 이스펜——.

——《강력하며 뜻깊은 방출(딜도 스플래시)》——!!"

"어. ……어, 어어어?! 이, 이건 뭐야, 뭔가…… 뭔가, 싫어어어?!"

분노도 잊은 것처럼 공포로 몸을 젖히는 이스펜. 하지만 한 점에 집중된 수압의 기세는 분산된 마력으로 미처 막을 수 있는 것이 아니라서.

"웃, 위, 위험해…… 나도 마력을 집중해야……!"

넓은 방 전체에 펼쳐져 있던 폭염이, 마력이 이스펜 앞으로 돌아오고 그녀를 지키는 불꽃의 경계로 변했다.

그만큼 막대한 마력이니 분산되어 있을 때라면 몰라도 집중되면 철벽.

조금만 더 있었으면 뚫었을지도 모를, 갈라테아가 발사한 물줄기는——원통하게도 불꽃의 결계를 넘어서지 못하고 힘이 떨어져 버렸다.

에리 역시도 조금 전까지 넓은 방 전체에 고주파를 결계를 전개했던 영향으로, 아무리 그래도 '일점 돌파'의 힘을 계속 펼칠 수는 없었다.

이 결과에 이스펜은 승리를 확신, 득의양양한 웃음을 띠었다.

"우훗…… 우후, 우후후훗! 뭐가, 나한테 이긴다, 나한테 패배를 가르쳐주겠다는 거야! 결국에 이긴 건 나! 그래, 강하고 고귀한 자가 이기는 게 당연——."

"후우~…… 크로노스 두목님이 『전해달라고』 그랬는데요
~…… 어쩔 수 없네요~. 그럼, 뒷일은…… **부탁할게, 루아~ ♪**"

"———예."

득의양양해서는 완전히 방심하고 있던 이스펜은 전혀 알아차
리지 못했다.

설마 위쪽에서 날아드는 존재가 있으리라고는. 그것이 갈라테
아와 에리의 동료이자 둘도 없는 능력을 지닌 인물이리라고는.

그제야 위를 본 이스펜이 목격한 것은——루아의 모습——!

"뭐…… 아, 아직 튀어나오는 거야?! 제, 젠장——."

"헛수고예요…… 저, 아테나 씨한테 들어서 알고 있었으니까
요…… 당신이 아테나 씨를 괴롭혔다는 거…… 후회하게 만들어
줄 테니까요!"

당황했을지라도 마법의 달인, 이스펜이 남은 마력으로 머리 위
에 불꽃의 결계를 펼쳤다.

하지만 그런 것으로 막을 수는 없었다. 루아의《노예 성구》, 정
조대의 강도는 그야말로 이 세상에 둘도 없는 것.

게다가 그것은 신형임을 갈라테아도 알고 있었다——그 정조
대를 건넬 때에 크로노스가 한 말이 뇌리를 스치는 가운데, 루아
는 '문장'의 힘을 해방했다.

『봐, 루아. 이게《정조대 MARK. Ⅱ》를 발전, 개량시킨 새로운
정조대.

이름하야——《제3세대형 정조대》야——!!』

"적어도 호칭은 통일하면 안 되나요—?! 으랴아아아아앗!"
"히익…… 아, 아아…… 으아아아앗?!"

크로노스 왈──기본 능력인 강인한 배리어, 《MARK. Ⅱ》의 설치형 배리어. 어느 쪽도 유용하지만, 어디까지나 방어적인 능력이야.

하지만 《제3세대형》은 달라. '지킨다'는 개념의 정조대, 그 발상을 굳이 뒤집고 배리어의 강인함을 이용했지.

'공격'의 정조대──최강의 히프 어택이야말로, 루아가 얻은 새로운 힘──!

(본인은 마지막까지 사양했지만.)

하지만 난처한 나머지 펼친 불꽃의 결계 따윈, 처음부터 없었던 것처럼 사라지고.

"마, 말도, 안 돼…… 세상에…… 이게──!"

그 앞에 있던 이스펜이 루아의 강렬한 엉덩이…… 정조대의 배리어를 버텨낼 리도 없으니.

"──므걱."

덧없이, 있는 힘껏 깔개가 되는 형태로 쓰러져버리고.

그것을 보고 있던 갈라테아와 에리가 차례차례 목소리를 흘렸다.

"……아─아, 그러니까 말했는데. 나만의 힘이라면 미치지 못한다, 네가 모르는 힘이 있다고. 아무리 마법에 능통해도……《엉덩이의 마법사》같은 건 몰랐구나."

"응. ……명복을 기도할게."

제대로 숨은 붙어 있고, 《엉덩이의 마법사》가 아닌데——불만스러운 눈빛으로 그리 호소하는 루아를 보고 갈라테아는 미소로 얼버무리는 것이었다.

■ ■ ■

에리 일행 덕분에 마지막 문을 통과한 크로노스 일행.

앞으로 나아가면서도 문득 리아라가 오늘만 몇 번째인가 불안을 중얼거렸다.

"……으, 으—음, 저기…… 크로노스. 저는 물론 에리 씨와 갈라테아 씨와…… 루아 씨가 이길 거라고 믿지만요…… 그게, 말이죠."

왠지 모르게 크로노스는 그녀가 무엇을 걱정하는지 짐작이 갔지만, 잠자코 듣기로 했다.

"이스펜을 쓰러뜨린 뒤, 예를 들면 노노 씨가 달려와서 '조교'를 하더라도…… 그녀는 원래부터 세뇌되지 않은 거잖아요? 주어졌다는 마력은 소실될지도 모르겠지만…… 개심은, 어렵지 않을까요?"

과연, 리아라의 생각은 타당했다. 확실히 그것은 우려할 사항이리라.

하지만 크로노스는 턱에 손가락을 대고 흠, 잠시 틈을 둔 뒤에 말했다.

"응──, 그러네, 그럼 여기서 하나──《여신마저 포기한 땅》이 야기를 하자."

"예? 그러니까…… 《노예 하렘 왕국 크로노스》 말이죠? 그게 어쨌다고……?"

고개를 갸웃거리며 묻는 리아라에게 크로노스는 검지를 세워 들고 정중하게 설명했다.

"뭐, 《여신마저 포기한 땅》은 그렇게 불리는 만큼 죄인이나 사연이 있는 인간이 흘러들 법한, 원래는 치안 최악의 장소였던 거야. 예외적으로 이래저래 사정이 있는 노노랑, 내가 직접 데려온 아테나나 루아, 리아라 등등도 있지만──뭐, 당연히 그런 절세의 미녀나 귀여운 아이들만이 아니라, 정말로 극악인도 존재해. 상대가 남자라면 엉덩이를 걷어차 버리고, 경우에 따라서는 두 번 다시 나쁜 짓을 못 하도록 '처벌'을 베풀겠지만 말이야."

'처벌'의 내용은 듣는 것만으로도 힘겨울 테니 리아라한테 이야기하지도 않기로.

상대가 여자일 때, 크로노스는 어떻게 나서느냐는 이야기인데.

"뭐, 《여신마저 포기한 땅》이니만큼──그건 정말이지, 터무니없는 악녀도 꽤 오거든. 남편을 죽이고 재산을 얻으려 했다든지, 타인을 함정에 빠뜨리고 이익을 탐했다든지. 그런 아이들도 이 몸의 '조교'로 갱생시키지만──아무래도, 내 방식으로는 여자한테 너무 무르다는 주장도 있어서."

"아아. ……노노 씨, 일까요. 그, 그래서, 어떻게 되는 건가요?"

리아라의 완벽한 정답이지만 뭐, 본인의 명예도 생각해서 굳이 노코멘트로 해두었다.

어쨌든 상대가 너무도 갱생이 어려운 경우──크로노스가 하는 것은.

"'조교'는 노노나 《노예 하렘 왕국》의 귀여운 노예들이 대신해 주는 경우도 있어. 여성들끼리, 한계나 무리한 수준을 안다는 것도 있을지 모르겠지만, 뭐 그게."

크로노스는 말하기 어려운 듯했지만, 어쩔 수 없겠다며 간결하게 마무리 지었다.

"반대로 정도를 몰라서── 아슬아슬한 지경까지, 과하게 해버리는 거야."

■ ■ ■

정조대의 배리어에 깔려 실신했던 이스펜이 깨어난 것은 몇 분도 안 되었을 무렵이었다.

"……헉?! 여, 여긴…… 나, 대체…… 히엑?!"

이스펜이 놀라는 것도 무리는 아닐 것이다. 여하튼 지금, 그녀를 내려다보는 것은 에리와 루아 두 사람──만이 아니라.

"응, 최후의 《마법 공주》도 쓰러뜨렸어. 잘됐네, 잘됐어."

"흠, 그럼 이것으로 《마법 공주》 '세 자매'는 전원 공략했다는 거군요.《마법 왕국》의 최고 수준 전력에게 승리하다니, 나라가 기울어질 대사건인데요…….”

합류한 노노와 피오나도, 둘이서 팔짱을 끼며 대화를 나누고 있었다.

갈라테아는 란과 피 사이에 껴서 무언가 선망의 말을 듣고 있었다.

“앗, 아─앗! 갈라테아 씨, 크로노스 두목한테서 ‘문장’을 받았습까?!”

“와아…… 좋겠다. 크로노스 두목, 피한테도 주지 않으려나…….”

“우후후, 부럽지~? 받았을 때는 두근두근해버렸어~. 왕자님의 키스처럼~…… 우후후~♡”

화악, 뺨을 물들이는 갈라테아의 모습은 소녀 같았지만 묘하게 요염하기도 했다.

자, 크로노스의 ‘귀여운 노예’들이 합류하여 대화를 나누는 가운데, 여전히 쓰러져 있는 이스펜에게《마법 공주》차녀인 키튼이 이야기를 건넸다.

“이스펜 언니. ……우리, 져버렸어…… 완전히, 말이야.”

“! 키튼…… 우훗, 그렇지 않아…… 우리가 힘을 합치면, 아직 만회할 기회는 있어…… 자, 키튼, 함께──!”

“안 되잖아. 들었어, 이스펜 언니…… 세뇌 같은 거, 안 걸렸다고. 나 말이지…… 아테나 님께 했던 짓, 나 자신도…… 설령 친언니라도, 용서할 수 없거든.”

"지금, 뭐라고…… 키튼…… 너까지, 그런 여자를……!"

그 순간, 친동생을 밀어젖히고 벌떡, 이스펜은 일어서며.

"──이걸로 이겼다고 생각하지 말라고! 나는 반드시, 당신들에게 복수해주겠어…… 기억해둬! 우후홋──!"

그러더니 이 넓은 방에서 달려가는 이스펜.

──을, 자유자재로 꿈틀거리는 밧줄이 간단히 붙잡고.

"우후후────우헤윽."

"마지막 대사, 말해두면, 보내줄 거라고…… 생각했어? 그럴리가, 없잖아."

노노가 자신의 《노예 성구》인 밧줄로 구속한 이스펜을 끌어당겨 동료들의 중심으로 돌려놓았다. 조여드는 밧줄의 아픔에 "히긱!" 하는 목소리를 흘렸지만.

"아테나의 아픔, 괴로움…… 그런 게, 아니었겠지. 그 정도로, 히긱 대지 마."

"히익…… 히이이이, 세상에…….."

이스펜을 내려다보는 노노의 눈빛은 그저 한결같이 차가웠다.

이어서 이스펜에게 말을 건넨 것은, 인연이 있는 갈라테아.

"우후후~, 어쨌든 두 번 다시 악행을 떠올리지 못할 정도로 따끔한 맛을 보여주려면…… '조교'는 필요하겠네~. 크로노스 두목님의, 생각대로♡"

"웃, 이, 이 음침한 여자가아아……!"

"당신한테 듣고 싶지는 않네~…… 하지만 내가 할 수 있는 '조교'라고는…… 우후후, 물고문 정도밖에 안 떠오르네~?"

그것도 충분히 하드하다고도 생각하지만.

게다가 이스펜에게 다가오는 '조교'의 손길은 노노와 갈라테아만으로 끝이 아니라.

마치 한 줄기 촉수 같은 '하얀 채찍'을 조종하는 피오나도 먼저 나섰다.

"이런, '조교'라면 나 피오나도 돕고 싶어. 조금씩 요령이 생기는 것 같으니까, 후훗."

"윽, 다, 당신은…… 시, 《신국의 방패》도 이렇게 전락해버렸네……!"

"그래, '함락'되었다마다, 크로노스 경의 손에. 기분 좋다고."

도발에도 피오나는 훗, 여유를 무너뜨리지 않는 미소로 답했다.

또한 그녀들을 조금 떨어진 장소에서 보고 있던 루아와 에리는.

"히에~…… 아무리 그래도 저런 분위기에는 익숙해지지 않네요…… 아, 에리 씨도 조교 같은 건 안 하는 쪽인가요?"

"음─…… 나는 아직, 잘 모르겠으니까. 하지만…… 쿠를 도울 수 있다면 배울게. 자─세히 보고, 공부할게."

"에, 에리 씨는 성실하네요…… 너무 과하게 물들지는 마시라고요……?"

루아도 살짝 걱정이 되는 모양이었다.

자, 이스펜의 입장에서는 완전히 도망칠 곳이 없는 상황. 하지만 그녀는 끝까지 포기하지 않고, 묶인 상태 그대로 도움을 청하기 시작했다.

"자, 잠깐! 알았어, 내가 졌어! 정말로, 정말로 반성하고 있으니까! 아테나…… 아테나 님께도, 제대로 사과할게요! 그러니까, 부탁이야, 용서해줘!"

"……하아. 얄팍한, 말. 종잇조각 같아. 신용, 할 수 있을 리가——."

노노가 단호하게 부정하려던——그때.

"——기다려주세요~~~!"

넓은 방에 울려 퍼진 것은 어리면서도 굳은 심지가 느껴지는, 리아라의 《동생》 메이의 목소리.

마지막으로 합류한 그녀 옆에는 신도 함께 있었다.

"……이, 이스펜 언니……."

"시, 신……? 그, 그 아이는?"

이스펜이 곤혹스러워하며 신에게 묻자, 그 의문에는 메이가 직접 대답했다.

"저, 메이라고 해요. 이스펜 씨, 당신이 아테나 씨에게 저지른 짓…… 알고 있어요. 하지만 바로 그렇기에, 속죄의 길도 필요하겠죠."

"! 그, 그럼, 갚을 수 있게 해주는 거구나…… 너, 너는…… 아앗!"

주위는 적으로 가득한 가운데, 유일하게 다정한 말을 건네어준 메이에게 이스펜은 매달리려 하는 듯했다.

"천사…… 천사님! 부디, 부디 죄 깊은 저를 도와주세요! 속이 시커멓다는 것도 자각하고 있어요! 깊이 반성할 테니까, 부디——."

"어머나…… 속이 시커멓다니, 가엽네요. 좋—아, 안심하세요♪"

"아, 아아아, 참으로 자비로우신…… 우훗! 가, 감사합니——."

"제《노예 성구》——이 거대 주사기로, 뱃속을 깨끗하게 씻어줄게요! 메이, 열심히 할게요—♡"

"천사가 타천사였는데 말이죠?!"

하지만 이스펜의 일방적인 기대는 멋지게 배신당하고 말았다.

이어서 메이의 위협을 느낀 경험이 있는 갈라테아가 그렇구나, 라며 흐뭇하게 고개를 끄덕였다.

"그러네~, 메이의 말이 옳으려나~? 이스펜도 참, 나쁜 짓만 생각하는걸~…… 한 번 뱃속을 깨끗하게 해줘야 할지도~?"

"무슨…… 이, 이게, 입 다물고 있어, 갈라테아아아아……~~!"

그리고 마침내, 인내의 한계를 넘어섰다는 듯 이스펜이 기세등등하게 외쳤다.

"적당히 좀 하라고, 이 더럽고 천박한 녀석들?! 노예상 따위의, 아테나 따위의 동료가《마법 공주》인 나한테 제멋대로 굴지 말라고! 당신들 따윈 내 발밑에도………… 헉?!"

기세를 타고 그만 결정적인 소리를 내뱉어버린 이스펜.

하지만 포기하질 못하는 것으로 정평이 난 그녀답게 날름 혀를 내밀며.

"……우, 우훗! 농~담이에요★ 농, 다……암……."

""".............그럼, 일단.""

그 농담은 안타깝게도 완전히 아웃.

천박하다고 불린 사람들끼리, 그렇다면 정말 천박하게 행동할까. 노노·피오나·갈라테아는 마주 보고 웃으며, 호흡을 딱 맞추어.

"""——전부, 해버려♡"""

"시, 실…… 싫어어어어어어?!"

크로노스의 '귀여운 노예'들의 가차 없는 고문 앞에서——악녀 이스펜, 그저 비명을 지를 수밖에 없었을 것이다.

■ ■ ■

『……싫어어어어어어…….』

"?! 지, 지금 뒤쪽에서 뭔가 이상한 비명이?!"

리아라가 무심코 뒤돌아보자 크로노스도 멈춰 서기는 했지만, 툭하니 한마디.

"기분 탓이네."

"……기, 기분 탓이군요……?"

"아, 아테나 씨까지?!"

아테나까지 '기분 탓'으로 돌리자, 리아라는 더 이상 아무 말도 할 수가 없었나 보다.

게다가 지금은 이제 뒤돌아볼 여유는 없었다.

눈앞에는 거인이라도 지나갈 수 있을 만큼 어마어마한 문이.

이 앞에 있는──《마법 대국 엔테》의《공주님》이자 최대의 적이.

크로노스가 리아라와 아테나의 얼굴을 보고 고개를 한 번 끄덕이자, 두 사람도 고개를 끄덕여 답했다.

그것을 신호로 이 거대한 문에 손을 대고, 마침내.

"좋아, 간다. 리아라, 아테나──최종 결전이야!"

그들은, 최후의 문을, 열었다.

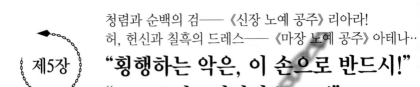

청렴과 순백의 검── 《신장 노예 공주》 리아라!
허, 헌신과 칠흑의 드레스── 《마장 노예 공주》 아테나‥

제5장

"횡행하는 악은, 이 손으로 반드시!"
"……쓰러뜨려버려요……!"

커다란 문을 열어젖힌 곳은, 넓은 원통 모양의 알현실.

천장은 존재하지 않아서 올려다보면 만월과 반짝이는 별을 확인할 수 있었다.

가장 안쪽에는, 이 또한 거인이라도 앉을 수 있을 법한 긴 등받이에 장식을 공들인 휘황찬란한 옥좌가.

그곳에 오도카니 앉아 있는 것은, 뜻밖에도 소박한 드레스를 걸친 여자의 모습이 하나.

그렇다, 바로 그녀가 이 나라의 현 《공주님》이자──아테나의 어머니인 사람.

다르크 밀리건 이클립스 엔테인 것이었다──.

그녀의 모습은 그야말로 한 아이의 어머니라고는 믿기지 않도록 젊었다. 강한 마력을 지닌 인간은 육체도 잘 늙지 않는다는데, 그녀도 그런 예시에서 벗어나지 않는 모양이었다.

앉아 있는 상태라서 정확하게는 알 수 없지만, 키는 리아라보다 조금 큰 정도로 아테나보다 훨씬 작을 것이다.

다르크는 앉은 채로 조용히 눈을 감고 있었지만 크로노스 일행이 알현실로 들어서고 잠시 후, 그제야 눈을 떴다.

"……와버렸구나, 아테나……."

"! 어, 앗……."

크로노스가 들은 이야기로는, 아테나는 어머니인 다르크와 전혀라고 해도 될 정도로 말을 나눈 적이 없었다나. 그럼에도 이름을 불려서 놀라움을 감추지 못하는 태도인 아테나.

반면에 다르크는 그야말로 소녀처럼 어린 목소리로, 계속하여 고했다.

"이런 곳까지, 괴로운 심정을 느끼며 올 필요는 없었는데…… 《여신마저 포기한 땅》이라도 이런 곳보다는 네게 훨씬 나았을 텐데……."

"……아, 으…… 무, 무슨 소리? ……어……?"

"아테나…… 아아, 아테나. 내 딸이여……."

"웃! ……어, 어머니……."

다르크의 목소리는 자애로 가득한 것 같아, 아테나는 무심코 몸을 내밀었다.

──하지만 다르크가 이어서 입에 담은 말은.

"지금 당장, 여기서──죽어주지 않을래?"

"───어."

어머니인 이가 고한 것은, 너무나도 잔혹한 말이었다.

하지만 그녀의 입은 멈추지 않고 담담하게.

"그래서 기껏 자객을 보냈는데…… 그걸 물리치고 굳이 이런 곳까지 와버리다니…… 슬프네. 게다가 이 손으로 딸의 목숨을 빼앗다니, 괴롭구나. 그러니까 말이야…… 부탁할게, 내 딸아. 다시 한번 말할게."

"싫어…… 마, 말하지 마…… 더는, 안 돼…….”

"──죽."

새파랗게 질린 아테나에게 다르크가 단언하기, 직전.

"──웃기지 마!!"

끼어든 노성은 크로노스──가 아니었다.

그것은 분노한 표정을 띤 리아라였다.

"친딸에게 잘도 그런 소리를 하는군요?! 아니, 아니야, 다르크! 당신 따위가 아테나 씨의 어머니일 리가 없어! 나는 절대로 인정하지 않아! 내 딸이라니, 두 번 다시 그 더러운 입으로 지껄이지 말아요! 당신 따윈…… 절대로!"

"……리아라, 양…….”

평소와는 다르게 거칠어진 리아라의 말투. 하지만 그 말투에 분명한 자애의 마음이 있다는 것은 아테나에게도 전해진 모양이었다.

리아라의 오른손에, 아마도 무의식중에 빛이 모여들어 실체화되고 있었다. 그런 것은 개의치 않고, 리아라가 다시 한번 드높이 외친 것은.

"제가── 함락시켜, 주겠어요!!"

공간을 뛰어넘어 현현한 《신검 아리에스》를 다르크에게 향했다.

그런 리아라와 나란히 선 것은 아테나.

더는 숙이지 않고 강한 의지를 담은 눈빛으로, 전방만을 응시하고.

"……고마워, 리아라 양. 이제, 괜찮아…… 각오는, 했으니까."

"아테나 씨…….."

"……다르크, 이 나라의 《공주님》…… 나도 더 이상 당신을, 어머니라고 부르지 않아. 생각하지 않아. 당신 따위의 말에, 나는 이제…… 흔들리진 않아."

아테나 전용 《노예 성구》인 귀이개를 거대화시키고 리아라 옆에서 자세를 갖췄다.

"가자, 리아라 양…… 결판을 짓자!"

"예, 아테나 씨! 함께, 함락시켜주자고요!"

여전히 기세를 탄 리아라의 말에 아테나도 살짝 쓴웃음 지었지만.

그렇게 나란히 선 '귀여운 노예' 두 사람을 바라보던 크로노스는.

훗, 웃음을 띠며 솔직한 감상을 그대로 입에 담았다.

"리아라, 아테나── 사랑한다고."

"예, 크로노스! ……하에? 어…… 후에에에엣?!"

"……크, 크로노스 님? 저, 저기, 어…… 후아으으으……?"

기껏 붙은 기세가 죽어버린 것은 미안하지만, 그것은 본심에서 나온 말.

얼굴을 잔뜩 붉게 물들이며 부끄러워하는 두 사람을 뭐, 평소대로 '귀엽다'고 생각하며 크로노스는 말을 이었다.

"이상하게도 말이지, 리아라, 아테나, 너희 말은 내가 계속 생각하던 것과 똑같았거든. 뭐, 의미는 다르겠지만 그대로 두 사람의 말은 핵심을 찔렀어."

"어, 나, 크로뇨…… 아니! 크, 크로노스, 그런 대체 무슨 말이죠……?"

"그리고 지금 확신했어. 크큭, 이것 참, 안심했다고. 그런가, 역시, 역시나."

질문하는 리아라는 가볍게 패스하며 지금부터 크로노스가 입에 담을 말은, 틀림없이 두 사람에게는 의외의 이야기이리라.

"역시 아테나는── 어머니한테 사랑받고 있었구나."

크로노스가 던진 말에 리아라도 아테나도 그저 어리둥절했다.

한편, 크로노스의 언동에 동요한 기색은 없지만 고개를 갸웃거린 것은 다르크 본인.

"? 노예상 크로노스……인가. 대체 무슨 말이지? 내가 딸을 사랑했다는 망언, 어째서 지금 이야기를 듣고 그렇게 생각을──."

"바보냐. 네가 아니야. 너 따위가 그럴 리 있겠냐. 말했잖아, 리아라도 아테나도. 너 같은 건 어머니가 아니라고."

"……역시 무슨 소리를 하는지 모르겠네. 나는 분명히 그 아이의 어머니──."

"어리석구나, 너를 어머니라고 부를 리가 없잖아, 《공주님》.
──아니."

상대의 말을 가로막고 크로노스가 입에 담은 것은, 확신이 담긴 한마디.

"이 나라를 만들어낸, 《원초의 공주님》── 엔테여."

그렇게 말한 순간, 무슨 농담 같은 분위기가 그 자리를 뒤덮고.

잠시 후, 침묵을 깬 것은 곤혹스러워하는 리아라의 목소리였다.

"크, 크로노스…… 무슨 소린가요? 엔테, 라니…… 그건 분명히 초대…… 《여신의 사도》의 이름, 인데…… 무척 옛날 사람이고."

"──《전생(轉生) 마법》, 이라는 게 있어. 자신의 영혼과 기억, 그리고 마력을 가진 채로 다시 태어날 수 있는, 비밀의 금술(禁術)이야."

"그, 그런 마법은 들어본 적도…… 앗."

리아라는 그리 말하려고 했지만, 스스로 깨달았으리라. 크로노스의 《낙인 마법》, 그리고 《마법 공주》들이 사용하던 독자적인 마법조차 이전까지 들어본 적도 없었던 것임을.

그리고 그야말로 금술의 장본인이라고 일컬어진 《마법 대국 엔테》의 수장으로 군림하는 여자는, 앉은 자세 그대로 입가에 손가락을 대고.

"……《전생 마법》? 글쎄, 무슨 소리…… 아니, 그게 아닌가. 블

러핑이 아니라 확신을…… 가지고 있는 거로군. 후우, 그런 가…… 그래…… 크, 크큭, 크크크큭…….”

처음에는 냉정했던 그녀가, 이제는 소리를 죽인 웃음을 흘리고.

뚝, 웃음소리가 그친 다음 순간.

“노예상, 네놈──어떻게 《전생 마법》을 알고 있지? 어떻게 내가 엔테임을 꿰뚫어 봤나?”

가면처럼 들러붙어 있던 웃음이 걷히고, 그곳에 드러난 것은 얼어붙을 듯이 냉담한 목소리.

하지만 그것은 긍정. 다르크는── 아니, 그녀는 분명히 《원초의 공주님》이자 《여신의 사도》인 엔테 본인이었다.

시선만으로도 죽일 듯이 노려보는 엔테에게, 크로노스는 겁먹지도 않고 대답했다.

“알 수 있거든, 보면. 이 몸은 이 몸의 ‘귀여운 노예’에 대해서는 자~알 이해하고 있어. 엔테, 음험한 야망을 펼치는 너와 심신 모두 절세의 미녀인 아테나는, 전혀 닮지가 않았어. 이 몸의 눈과 감은 확실하거든.”

“눈? 감? ……아니, 그게 아니지. 그것만이 아냐. 너는 나를, 《전생 마법》을 알고 있었어. 그런 확신이 있었기에, 그렇겠지. 하지만 그것은 네놈이 말했듯이 비밀 중의 비밀, 나를 제외하고는 《여신》밖에 모르는 금술일 터.”

"알고 있으니 어쩔 수 없잖아. 반대로 엔테, 당신이 모르는 것도 이 세상에는 존재할지도 모른다고?"

"내가, 모르는 것? 내가, 그런 게…… 아니, 그래…… 그렇지, 이상하다고."

자신의 관자놀이에 한 손을 대며 엔테는 자문하듯 중얼거렸다.

"이곳 《마법 대국》의 중추 도시에는 내 마력이 널리 미치고 있지…… 그러니 발길을 들인 자 모두, 동향은 전부 꿰뚫어 볼 수 있어. 그런데도 노예상들, 네놈들의 자취만큼은 지금 이렇게 내 앞에 나타날 때까지 도저히 파악할 수 없었어…… 그야말로 내가 모르는 것인가? 내가 모르는 '마법'으로 감추고 있었나? 네놈은 대체——누구냐!"

이곳에 온 뒤로 처음으로, 흐트러진 말투로 추궁하는 엔테.

반면에 크로노스는 여전히 당당한 말투로 대답해주었다.

"후하핫! 아무 데나 있는 잔챙이 노예상이랑 같이 취급하지 말라고! 누구냐고? 괜찮겠지, 귀를 파고 자~알 들어라!!"

상대가 《원초의 공주님》이든 신화 속의 괴물이든, 변함은 없었다.

위풍당당, 신마저도 두려워하지 않고, 하늘마저도 꿰뚫을 만큼 당당하게 선언했다——!

"이 몸이야말로, 전 세계의 귀여운 여자아이들의 아군이자 주인님이 되실 존재! ——《최강 노예상》 크로노스 님이시다——!"

밤하늘에 반짝이는 별들에게도 닿을 듯, 강렬한 그 말.

그것을 들은 엔테는 부들부들, 명백한 분노로 어깨를 떨고.

"우, 웃기지 마라, 네놈, 노예상…… 아니, 크로노스! 잘 알았다, 진지하게 대답할 생각이 없다면…… 전부, 전부 무로 돌려주마!"

의자에서 뛰어오르듯 공중으로 떠오른 엔테의 몸에서 이제까지 경험한 것들 중 가장 크면서 최강인, 절대적인 마력이 휘몰아쳤다.

《마법 공주》들이나 휘하의 병사들에게 나누어주던 마력마저 일부에 불과했다고 여겨질 만큼, 이상한 밀도와 질량.

대기를 뒤흔드는 마력의 격류가 이번에는 엔테를 감싸듯 뒤덮기 시작하자, 그 모습에 리아라가 초조하게 소리 높였다.

"웃! 마력이 형태를 이루어 갑옷처럼…… 설마 저것이, 명확한 모습을 본 사람은 존재하지 않는다는 무형의 보구…… 《여신의 성구》, 《마장 엔테》……?!"

압박하는 것 같은 마력의 위용에, 리아라의 긴장감이 높아지는 것 같았다.

하지만 《마장 엔테》와 같은 이름을 가진 여자는 리아라의 말을 부정했다.

"《마장 엔테》라고? 삶을 몇 번이고 거듭하며 쌓아올린 내 힘, 그런 간소한 이름으로는 그치지 않아. 이제는 《여신》에게도 비견될 내 이름은——!"

수습되는 마력의 폭풍에서 마침내 해방되어 첫 울음소리를 터뜨리듯.

"《마장신희(魔裝神姬) 엔테》——이 세계의 절대적인 지배자가
될 자다——!"

악몽의 상징 같이 꺼림칙한 칠흑으로 가득한 풍모의 드레스.

《마장신희 엔테》. 그리 자칭한 절대강자를 상대로, 크로노스는
기죽지도 않고 단언했다.

"이 세계의 지배자, 그야말로 금술인 《전생 마법》을 사용하면
서까지 되고 싶었던 것인가, 엔테."

"……그렇다면, 뭐가 어쨌는데? 오만한 네놈이니 웃기라도 하
겠느냐——."

"아니, 시시하다고 생각했을 뿐이야. 그런 거창한 짓을 해놓고,
결국에 하는 일이라고는 자신만을 위한 야망이라니. 웃음을 넘어
서 어이가 없을 만큼 한가하구나."

"……큭, 크큭…… 불손하구나, 네놈은…… 그 가벼운 입, 후회
하도록 해라——!!"

분노와 함께 날린 것은, 압축된 공기를 터뜨리듯 발사된 거대
한 폭풍 덩어리.

무형의 공격을 앞에 두고 제아무리 크로노스라도 저항할 방도
는 없으니.

"윽, 어————크억!"

"꺅?! 크——크로노스 니임?!"

단련된 남자의 몸이 너무도 간단하게, 후방의 벽까지 날아가

버리고 그대로 부딪혔다. 아테나는 손을 뻗었지만 전혀 닿지 않을 만큼, 엔테의 공격은 '빨랐다'.

그것을 본 리아라는 으득, 이를 갈고는 《신검 아리에스》를 들며 외쳤다.

"아테나 씨! 크로노스를, 부탁해요!"

"아…… 으, 응! ……어, 리아라 양은?!"

"저는…… 엔테를 어떻게든 할게요! 괜찮아요, 제게는 《신검 아리에스》가 있으니까──자, 서두르세요!"

"리아라 양…… 아, 알았어, 바로…… 돌아올 테니까, 기다려……!"

아테나가 달려가고 홀로 엔테와 대치하는 리아라.

그런 리아라를 엔테는 불쾌한 듯 노려보고, 입을 열었다.

"리아라 아인스바하 페르노트 아리에스…… 《공주님》인가. 닮았구나…… 몸을 던지면서까지 동료를 감싸려는 그 모습. 그 여자와…… 아리에스와."

"! 그런가요…… 엔테, 당신은 아리에스 님을 알고 있군요."

"당연하지. 계속계속, 거슬렸어…… 자애다, 사랑이다, 누군가를 위한 것이다…… 거슬리게 그럴싸한 소리만 하는, 그 여자가. 나는 진심으로…… 성가셨다고."

휘잉, 마력의 폭풍이 파도를 치며 리아라를 향해 불어오고.

"그리고 지금 또, 내 앞에 《공주님》 따위를 보내어 방해하려고 든다면──그 《신검 아리에스》와 함께, 박살 내주지! ──사라져라아아아!"

"웃, 누가——사라질 것 같나요! 당신이야말로 지나친 야심 따윈 버리고, 현세에 집착하지 말고 사라지세요! 하아아앗!"

엔테의 양옆에서 각각 불꽃과 얼음의 탁류가 동시에 발생했다.

덮쳐드는 불꽃과 얼음을, 리아라는 《신검 아리에스》로 공간과 함께 삭제하며 처리했다. 그 파괴력을 앞에 두고 엔테는 밉살스럽다는 듯 크게 외쳤다.

"흥, 꽤 하잖아, 《여신》의 유물——'여신의 상상 속 거시기'치고는!"

"아, 알고 있었나요?! 아니, 알고 있었다고 해도 말로 하진 말라고요—?!"

직접 섬기던 《여신의 사도》이자 《전생 마법》으로 오랜 세월에 걸쳐 살아온 엔테. 《여신의 성구》의 진실을 알고 있더라도 이상하지는 않았다.

하지만 다루는 무기나 힘이 무엇이든, 서로의 능력은 인지를 넘어서서 절대적.

한쪽은 끝이 없이 무한으로도 여겨질 법한 마력으로, 한쪽은 공간마저도 삭제하는 궁극의 신검으로 다른 차원의 대결을 펼치고 있었다.

인간의 범주를 벗어난 그 싸움에서 조금 벗어나, 벽에 등을 대고서 기대어 있는 크로노스에게 아테나가 달려왔다.

"크, 크로노스 님…… 괜찮으세요, 아아, 정신을……!"

부축하다가 걱정된 나머지 끌어안는 아테나.

크로노스는 현재, 더는 움직일 수 없는 중상——을 가장하여, 그녀의 커다란 가슴에 얼굴을 묻고서 부비부비 문지르고 있었다.

"우, 우와아아. 이 자식 엔테, 무서운, 두려운 힘이야. 봐, 이렇다시피 너무도 강한 충격의 여운으로 얼굴의 떨림이 그치지 않아. 불가항력이야, 불가항력~~~."

"! 크, 크로노스 님, 세상에…… 히양! 읏…… 아, 알겠어요, 떨림이 멈추도록…… 있는 힘껏 끌어안을 테니까…… 꼭, 꼬~~~옥……♡"

"천국은 이곳에 있었어. 으—음, 좋구나, 좋아."

질식시킬 기세로, 너무도 화사한 품속에 꼭 끌어안는 아테나.

그렇지만 이대로는 이런저런 의미로 승천할 것만 같고, 한창 싸우는 중이었다. 너무도 아쉽지만 크로노스는 고개를 들고 아테나를 똑바로 바라봤다.

"아테나. 아까 나는 그랬지. 『역시 아테나는 어머니한테 사랑받고 있었구나』라고."

"꼭~……♡ ……헛?! 아, 예. 하지만, 저기…… 저, 그게 무슨 의미인지 알 수가 없어서…… 어째서 그런 이야기를……?"

아테나는 정신없이 그를 끌어안고 있었지만, 정신을 차리고 의문을 던지자 크로노스는 싱긋 미소를 띠고서 대답했다.

"이곳에 와서 실제로 엔테를 보고 확신했어. 녀석이 아니라—— 엔테가 아니라 다른 존재가 있다는 걸. 그리고 그건 아테나 안에도 '있다'고."

"? ?? 저, 저기, 전…… 저는……."

잘 이해할 수 없겠지, 너무도 추상적인 이야기임은 크로노스도 자각하고 있었다.

그렇기에 솔직하게, 크로노스는 아테나에게 중대한 사실을 고했다.

"아테나, 너는 마력을 가지지 않은 게 아니야——오히려 반대지. 아마도 분명히 갓 태어난 어린아이로서는 견딜 수 없는 마력을 가졌고, 그리고."

"예……예?! 그, 그럴 리가, 그게, 저한테는——."

"아테나의 어머니, 다르크는 아테나를 지키기 위해서——《봉인 마법》으로, 신체를 망칠 정도의 마력을 봉인했던 거야——."

"————!!"

그것은 아테나에게 천지가 뒤집힐 정도의 충격이었을 터.

휘청, 쓰러지려는 아테나를 이번에는 반대로 크로노스가 안아 들었다.

그리고 지금 그녀에게 중요한 것을 해방하기 위해, 말했다.

"지금의 아테나라면 자신의 마력에 견딜 수 있어. 지금부터 《봉인 마법》을 풀어줄게. 그렇게 하면 모든 걸 이해할 수 있을 거야. 아테나, 나를—— 믿어주겠어?"

"아……! 예…… 크로노스 님를…… 믿고 있어요, 계속……!"

"——잘 말했어! 그럼, 움직이지 말고—— 음."

크로노스가 취한 행동에, 믿는다고 말했던 아테나는 그럼에도 놀라서 눈을 크게 떴다.

하지만 그녀의 눈빛은 금세 녹아내리고, 굳은 온몸의 힘을 빼고 완전히 몸을 맡겼다.

크로노스는 아테나의 입술에 입맞춤을 한 것이었다──그리고.

"으, 응♡ 크로노스, 님…………────?!"

아테나 안에 봉인되어 있던── 아니, 지키고 있던 것이.

아테나의 가슴 한가운데서 빛을 발하고── 마침내 해방되었다.

■ ■ ■

그것은 아테나 스스로가 기억하지 못할 만큼 과거의 기억.

당연하다, 아직 갓 태어난 갓난아기였던 무렵의 기억이 있을 리가 없다.

하지만 지금 아테나가 보는 것은 틀림없는, 자신이 갓난아기였던 무렵의 일.

《봉인 마법》에서 해방된 영향일 것이다.

하지만 그때 어머니, 다르크가 건넨 말은 믿을 수 없는 것이었다.

『아테나, 아테나──귀엽고, 귀여운 내 딸.』

이제까지 한 번도 본 적이 없었다.

자신을 안고 다정하게 웃어주는 어머니의 얼굴이라니.

『아테나, 아테나는 귀엽구나. 아테나는 따뜻하구나. 네가 내 곁에 태어나주었다는 게.』

그녀의 미소는 이제껏 본 적이 없을 만큼 다정하고, 무엇보다도.

『내게는── 최고의, 행복이야.』

정말로 행복해 보이는── 따뜻한 것이었다.

자애도 사랑도 다르크 안에 분명히 있었다── 하지만 그것은 이따금 자취를 감추고, 남들 모르게 눈물을 흘리는 일이 많아졌다.

『아테나…… 나, 나는 말이야…… 내가, 나 자신이 아니게 되어버릴 때가 있어서…… 무섭고, 무서워…… 꿈을 꿨어…… 아테나를 잊어버리는 무서운 꿈…… 으, 으읏…….』

어두운 방에서 홀로, 고독하게 눈물을 흘리는 어머니의 모습.

갓난아기는 아직 명확하게 무언가를 생각하고 행동할 수 있었을 리가 없을지도 모르겠다, 만.

분명히 그때── 아테나는 어머니의 손을 붙잡은 것이었다.

한순간 다르크는 놀라서 고개를 들었지만, 다음 순간에는.

『아테나…… 아테나는 다정하구나. 자그마한 손으로 어머니의 손을 잡아주는구나…… 아테나가 있다면 나는…… 불안 따윈 느끼지 않아.』

미소와 함께, 자애롭게 안아주는 것이었다.

그리고 이것이 어머니와의, 최후의 기억.

괴롭게 신음하고 쓰러질 지경에서도, 아테나에게 말을 건넸다.

『미안해…… 미안해, 아테나. 한심한 어머니라서. 나는 이제, 아테나를…… 지켜줄 수 없겠지만. 더는 곁에…… 있어 줄 수 없겠지만.』

자신이 당장에라도 사라지려는 그 갈림길에서조차.

『그래도 마음은, 계속 함께 있으니까…… 결코 떨어지지 않으니까.』

다르크는 아테나를 사랑하고, 모든 자애와 사랑을 맡기듯이.

『나는 아테나를, 계속── 사랑하고 있으니까──.』

미소와 함께──《봉인 마법》을 발동시켰다──.

■ ■ ■

어머니는 아테나를 사랑하지 않았던 거라고.

어머니는 아테나를 한 번도 봐주지 않았던 거라고.

어쩔 수 없는 일이라고, 그렇게 생각했다, 포기했다.

하지만── 하지만.

"어머니는 저를…… 사랑해, 주었군요.

계속, 저를…… 지켜주었군요."

흐르는 눈물은, 단 한 방울뿐. 지금은 그것만으로, 충분.

자신 안에서 소중한 것을 되찾아준, 가장 사랑하는 사람——

눈앞에 있는 크로노스에게 아테나는 미소 짓고, 힘주어 말했다.

"결판, 내고 올게요, 크로노스 님—— 저, 엔테를 쓰러뜨릴게

요——!"

그 순간, 아테나 안에 봉인되어 있던, 자신마저 해칠 수도 있는

마력이.

아테나의 오른쪽 눈에 있는 '문장'이 빛나는 것과 동시에——아

테나의 몸을 다정하게 뒤덮었다——!

"?! 뭐지, 이 마력……?! 저, 저건…… 아테나?! 설마?!"

엔테가 놀라서 소리 높였지만 크로노스는 당연하다는 듯 입을

열었다.

"《여신의 성구》인 《마장》——과연 그 정체는, 이른바 '변신 굿

즈'. 다정하고 자애로 가득한 《여신》은, 하지만 그렇게 행동하는

것에 지쳐서 변신을 희망하게 되었어. 그 결과, 《마장》을 만들어

냈다는 이야기지. 뭐, 얼굴이 바뀌는 것도 아니니까 정체는 빤히

보였는지 처박아뒀다지만—— 하지만."

매번 꽤나 맥 빠지는 《여신의 성구》에 대한 진실이지만, 이색

적인 능력만큼은 확실.

"엔테! 지금 네가 두르고 있으려는——무형의 보구《마장》은, 자신이 인정한 주인에게는 힘을 주는 거야——!"

크로노스가 외치는 것과 거의 같은 타이밍에, 아테나의 마력이 구상화되고.
아테나는 몸에——《마장》이라 불리는, 아름다운 칠흑의 드레스를 둘렀다——!
그리고 꾹, 아테나가 몸에 힘을 신더니.
"……다, 다녀올게요, 크로노스 님…… 앗. ……꺄, 꺄악?!"
아테나 스스로도 생각 못 했을 정도의 속도로 날아갔다.

■ ■ ■

날아가는 아테나를 배웅한 크로노스가 다음 순간에 목격한 것은.
"뭐야?! 으——으앗?!"
한 줄기 칠흑의 화살로 변한 아테나가, 리아라와 교전하던 엔테를 간단히 날려버리는 모습.
공중에서 마력의 브레이크를 걸어 정지한 아테나가 허둥지둥 당황했다. 만.
"아, 아직 익숙하지 않네…… 하지만, 응, 괜찮아…… 엔테, 당신의 상대는…… 바로, 나예요……!"

"웃, 초보자가, 막 손에 넣은 힘으로 까불지 마……! 격의 차이를 알려주지! 하아아아앗!"

함성을 내지르며 마법을 펼치는 엔테의 포격을, 아테나는 종횡무진으로 날아서 계속 피했다.

그 광경을 멍하니 올려다보던 리아라, 하지만.

"아, 아테나 씨…… 굉장해. 저렇게나 강한 마력을 가지고 있었다니──."

"태평하게 구경할 때가 아니라고, 리아라──가슴 주무르기!"

"헤──꺄아아악?! 뭘 하는 건가요, 크로노스! 무사해서 다행이네요! 하지만 후려치고 싶은데요!"

상당히 복잡한 표정과 감정을 드러내주었지만, 정말로 그럴 때가 아니었다.

"리아라, 《마장》을 걸친 아테나의 힘은 확실히 강력해. 하지만 그래도 긴 시간에 걸쳐서 힘을 비축한 엔테를 단독으로 쓰러뜨리는 수준에 이르진 못하겠지."

"이, 예…… 하지만 저도 《신검 아리에스》의 힘을 가지고도 공격을 처리하는 게 고작이었는데요…… 무, 물론 아테나 씨를 도울 거지만요."

"훗, 그 마음이 있다면 그걸로 충분해. 리아라──나를, 믿어?"

"! 물론이에요. 당연하잖아요, 크로노스!"

주저하지도 않고 즉각 대답하는 리아라에게, 크로노스는 씨익 이를 드러냈다.

"잘 말했어! 그렇다면, 봐──《낙인 마법》의 진짜 힘을!"

활짝, 크로노스가 옷 앞자락을 펼치자 "꺄악!" 하고 리아라가 귀여운 비명을 질렀다.

나쁘지 않은 반응이지만 목적은 노출하고 싶은 것만이 아니었다. 크로노스는 자신의 명치에 '문장'을 떠올리며, 당황한 리아라에게 설명을 했다.

"《마검 크로노스》──《성구》의 힘을 반전시킨다는 건 전에도 가르쳐줬지. 지금 그 힘으로, 아테나한테서 빌린 무형의 보구인 《마장》의 힘을, 반전시켰어."

"어…… 예?! 그럼 설마 크…… 크로노스가 변신하는 건가요?!"

"내가 왜, 싫잖아. 내가 하늘하늘한 드레스를 입는다니. 애당초 이 힘은 《공주님》밖에 못 써. 그런 게 아니라──결국, 말이야!"

"저는 한번 보고 싶은데요…… 아니, 꺅?! 크, 크로노스, 뭘…… 어."

꾸욱, 리아라를 끌어당기고 저항할 틈도 없이 크로노스는.

리아라의 입술에── 입맞춤했다──!

"응, 응──, 으──응!! 응. …………으응……♡"

쪽, 하는 소리를 남기고 입술을 떼자 리아라는.

……화악, 달아오른 뺨에 양손을 대고서 황홀한 표정을 띠고

있었다. 잊을 수 없다, 잊을 수 없다고 크로노스는, 그녀의 표정을 잊을 수 없다, 절대로.

하지만 금세 헉, 정신을 차린 리아라는 뾰로통하게 화를 내고.

"크, 크——크로노스?! 대체 뭘, 하는…… 꺄, 꺄—악?! 어, 마력이 뭔가, 제게 뭔가…… 뭔가요, 이거—?!"

분노도 잠시, 이번에는 곤혹스레 허둥대는, 어쩐지 정신없는 리아라였다.

하지만 그것도 어쩔 수 없었다. 지금 그녀의 몸을 감싼 마력은, 각각이 마력을 실은 보석으로 장식된 순백의 드레스로 변했으니까.

그것은 겉모습만이 아니었다. 확실하게《마장》과 비견되는 힘을 지니고 있었다.

"! 크로노스, 이거…… 힘이, 넘쳐서……."

"음. 리아라——이 몸의 자랑스러운《노예》. 또 하나의 소중한《노예 공주》를——도와줘!"

"———예, 크로노스!!"

기합 한 번, 땅을 박차며 속도를 붙여 비상하는 리아라.

아테나에게 집중하고 있는 엔테의 등 뒤로《신검 아리에스》를 휘두르며.

"저도 상대예요, 엔테! 야아아아앗!"

"……뭐야?! 으, 히얏?!

"어어?! 꺄, 꺄아악! 으차차?!"

말을 걸고 만 것이 실수였는지, 엔테는 직전에 회피해버렸다.

공중에서 정지한 리아라는 역시나 부끄러웠는지 뺨을 붉게 물들이고 있었지만.

"······지, 지금 그건 일부러 그랬어요. 그러니까 말을 건 거예요. 오히려 피하지 않았다면 제가 곤란했어요, 정말이니까요!"

"? 무슨 소릴 하는지 모르겠······지만, 하나 늘었다고 해서 그게 뭐. 내 우위는 변함이 없어······ 너희 따위가 날 쓰러뜨릴 수 있다고──."

"······그래, 쓰러뜨릴 수 있어."

엔테의 말을 가로막은 것은 칠흑의 드레스로 몸을 감싼, 아테나.

평소의 내성적인 성격은 보이지 않고, 리아라 옆에 서서 가슴을 폈다.

"나도 리아라 양도, 혼자가 아냐······ 하지만 엔테, 당신이 얼마나 긴 시간을 넘어섰든······ 얼마나 많은 사람에게 힘을 주고 조종하든······ 당신은 혼자. 욕망으로 점철된 악을 휘두를 뿐인, 당신 따위에게······ 우리는, 지지 않아."

"그래요──지금 이곳에, 당신의 욕망을 박살 낼 두 명의《공주님》이 있다는 사실을 깨달으세요!"

그리 외치며《신검 아리에스》를 위풍당당하게 드는 리아라와.

그에 이끌려 조금 허둥대면서도 열심히 포즈를 취하는 아테나가.

달빛을 받으며 호흡을 딱 맞추어 드높이 외쳤다──!

"청렴과 순백의 검――《신장 노예 공주》리아라!"

"허, 헌신과 칠흑의 드레스――《마법 노예 공주》아테나……!"

"횡행하는 악은 이 손으로 반드시!"

"……쓰러뜨리겠어요……!"

두두――웅, 그녀들의 등 뒤에서 의문의 폭발이 일어났다. 참고로 아테나는 말을 마친 직후부터 살짝 붉어진 얼굴을 숙여버렸지만.

한편, 그들과 대치하는 엔테는 내뱉듯이 말을 꺼냈다.

"……응, 아무것도 모르는 계집에게 가르쳐주지. 확고한 선의 따윈 존재하지 않아. 그저 패배자가 악이 될 뿐――."

"예, 그래요. 그러니까 당신 말이죠, 엔테."

"……이 계집이…… 우쭐대지 마라아아아!"

무한하게도 여겨지는, 끝 모를 엔테의 마력은 전혀 쇠하지 않고.

하지만 《신장 노예 공주》로 변한 리아라의 《신검》은 그것마저도 떨쳐버렸다.

"하앗――이야아앗! 이 정도, 크로노스의 '조교'와 비교하면, 그래요, 잔챙이에요! 청소해버릴 테니까요, 으랴아아아아앗!"

크로노스의 영향이 청렴과 순백의 《노예 공주》가 사용하는 말투를 살짝 좀먹고만 느낌이었다.

그건 제쳐놓고, 아테나도 행동하려고 했지만 무언가 확실히 와 닿지 않는지.

"리, 리아라 양만 싸우게 둘 수는…… 하지만 마력……? 마법? 쓰, 쓸 수 있다면 좋으려나…… 어, 어떻게──."

『후하하, 곤란한 모양이네노스, 《마장 노예 공주》 아테나.』

"어…… 앗, 크로노스 님?!《통신 마법》으로…… 노스?"

『아니, 슈퍼 미남 노예상 크로노스 님이 아니라, 사역마 크로크로다노스. 뭐, 들어봐. 싸우기가 힘든 귀여운 아이한테 조언을 해줄게포요. 아니, 노스.』

"저기, 캐릭터를…… 말하기 힘들다면, 캐릭터를 원래대로 되돌리면…… 되지 않나……?"

쭈뼛쭈뼛하면서도 딴죽을 거는, 성실한 아테나에게 크로노스는 조언을 건넸다.

『지금 나의, 자타가 공인하는 다루기 힘든 캐릭터랑 똑같아──마법 따윈 필요 없어. 아테나, 네게는 이제까지 가꾼, 너만의 전투 방식이 있을 거야. 자신의 힘을 믿어. 그러면 결코 누구에게도 지지 않으니까. ──노스.』

"! 저만의, 전투 방식……! 그래, 그렇군요…… 크로노스님──!"

망설임은 사라졌다, 그 사실은 그녀의 오른쪽 눈에 반짝이는 '문장'이 명쾌하게 가리키고 있었다.

그 직후, 아테나가 꺼낸 것은 이제까지 몇 번이고 휘두르며 많은 장해물을 배제했던 전용 《노예 성구》──귀이개였다.

익숙한 손놀림으로 그것을 들고, 엔테가 펼치는 마법으로 뛰어들더니.

"————에————잇!"

거대화한 귀이개를 칼날처럼 휘두르자.

마치 귀를 파기라도 하듯 가볍게——불꽃도 얼음도 날려버렸
다——!

"……허……? 뭐라고…… 내 마법이…… 이건, 말도 안 돼……."

이 사태에, 눈에 보이게 당황하는 엔테.

기회를 놓칠까 보냐, 그렇게 리아라와 아테나가 동시에 뛰어들
었다, 만.

"자, 포기하세요, 엔테! 타아아아앗!"

"읏! 날 얕보지 말라고, 그러잖아! 홍——!"

공격이 닿기 직전, 엔테는 상공으로 떠올라 달을 등지고 리아
라와 아테나를 내려다봤다.

그대로 두 팔을 내밀고 절대적인 마력을 집중하더니.

"이걸로 끝내주마…… 모두, 모조리…… 사라져라——!"

그것은 마치 마력으로 만든 뚜껑. 가로로 한가득 펼쳐진 마력
이 먹색으로 흔들리며 모든 것을 짓뭉개고자 내려왔다.

너무도 흉악한 마력이었다——만, 그것을 올려다보는 리아라
와 아테나는 전혀 초조해하지 않았다.

"《마법 공주》 분들도 그렇고, 이런 화려한 게 취향인 거겠
죠…… 하지만."

"응…… 아무리 크고 넓어도…… 아니, 크고 넓기 때문에."

리아라와 아테나, 백과 흑의 두 공주가 마주 보며 고개를 끄덕이고 서로의 무기를 들며.

""일점 돌파로—— 꿰뚫겠어요!""

백과 흑, 두 줄기 빛으로 변하여, 차례차례 나선을 그리며 상승하고.
먹색으로 흔들리는 마력의 뚜껑을——한가운데로 꿰뚫었다——!
"——세상에, 말도 안 돼."
엔테의 입장에서는 승리의 확신이 있었으리라. 그 뚜껑은 이제껏 비축한 거의 모든 것을 쏟아 부어 휘두른 필승의 망치였을 테니까.
하지만 지금 엔테의 눈앞으로 날아든 것은, 그것을 격파한 두 사람의 공주.

《신장 노예 공주》와 《마장 노예 공주》의, 양쪽 모두 날은 없는, 하지만 최강의 검——!

"떨어져라! 《마장신희 엔테》——!"
"우리의…… 승리에요!"

리아라와 아테나의 말과 검이 교차하여 덮쳐들고.
마침내 《마장신희 엔테》는——나뭇잎이 떨어지듯 천천히 추락

했다.

"으, 가, 아…… 윽."

중간중간, 남은 마력으로 그대로 낙하하는 것은 피할 수 있었으리라. 그럼에도 리아라와 아테나의 일격은, 무한으로도 여겨지던 마력조차 쳐부수기에는 충분했다.

"으, 으윽…… 젠장, 젠장! 나는, 나는, 아직……!"

신음하며, 그럼에도 전의는 쇠하지 않은 엔테에게.

"──여기까지야, 엔테. 네 야망은 여기서 끝이야."

"! 노…… 노예상, 네놈……!"

올려다보는 엔테의 눈은 그야말로 몇 백 년에 걸쳐서 마력과 함께 모았으리라, 집념의 불길이 깃들어 있었다.

하지만 그 눈은 크로노스의 손에 들린 칠흑의 검──《마검 크로노스》를 본 순간, 경악으로 바뀌었다.

"?! ……어……? 뭐냐, 그 검은…… 잠깐, 네놈…… 뭐냐, 그건……!"

초조함에 물든 표정으로, 엔테를 평정을 잃은 듯 외쳤다.

"그 검──그 '문장'! 마치 《여신》에 버금가는 힘…… 하지만 그런 건, 본 적 없어! 《여신》을 아는 나도──모른다고?!"

"말했잖아. 네가 모르는 것도 이 세상에는 존재한다고. 하지만 말이지, 지금 그건 관계없어──나는 지금부터 네가 부당하게 빼앗은 소중한 것을 되돌려놓아야만 하니까."

"?! 뭐, 뭐냐, 내가 아테나에게서 뭘 빼앗았다고………… 어?"

여전히 당황한 엔테, 하지만 크노로스는 그 이상 아무 말도 하지 않고.

엔테의 가슴 중앙에──《마검 크로노스》의 칼날을 박아 넣었다.

그 직후, 상공에서 끼어든 것은 당황한 리아라의 목소리.

"크로노스?! 지, 지금 뭘…… 그 사람의 몸은 아테나 씨의──!"

"……아니, 리아라 양. ……이제, 괜찮아……."

"읏, 아…… 아테나 씨……?!"

리아라의 말을 막은 것은 조금 늦게 땅으로 내려선 아테나.

아테나의 눈에는 눈물이 어리어 있었다, 만…… 그럼에도 다부진 말은 멈추지 않고.

"사실은…… 내가 해야만 하는데…… 틀림없이 크로노스 님은…… 날 위해서 대신해주는 거야…… 알고 있어. 알고 있어…… 이제는, 이제는 말이지."

"……아테나 씨……."

"어머님을…… 쉬실 수 있게, 해드려야겠지……."

그러더니 고개를 숙인 아테나의 등을 리아라는 위로하듯 쓰다듬었다.

하지만 지금 막 가슴에 칼날이 박힌 엔테는 마지막 발버둥을 입에 담았다.

"크. 크큭! 바보 자식…… 무슨 소리를 하든, 사실은 어떨지라도! 아테나! 네 어머니의 몸에 칼을 박은 건, 이 남자다, 크로노스다! 너는 앞으로 평생 이 사실에서 벗어날 수 없어! 사랑하는 남자가 자기 어머니를 죽였다는 그 사실에서 말이야!"

"……읏…… 바보 취급, 하지 마…… 나는 그런 식으로, 생각하지 않아……."

"무리야, 불가능해! 앞으로는 갑작스럽게, 사소한 계기로! 너는 이 일을 떠올리고, 가슴이 찢어질 거야! 하하, 하하하하하!"

"읏…… 이제 그만 하세요, 엔테! 당신은…… 그야말로 마지막까지!"

리아라가 막아도 엔테는 모멸하는 것 같은 웃음을 멈추지 않았다.

그리고 지금 아테나를 대신하여 그녀의 어머니를 편히 보내주고자 가슴을 찌른 크로노스는──.

"아니, 어쩐지 다들 실례되는 착각을 하고 있는데? 내가 귀여운 여자를 죽일 리가 없잖아."

""""────어.""""

무심코 당황한 목소리를 흘리는 셋, 피아 구분은 없었다.

뭐, 설명도 하지 않았던 것은 잘못이지만, 그러면서 크로노스는 특히 아테나에게 말했다.

"아테나, 아까 네 《봉인 마법》을 풀었을 때, 기억해?"

"어, 앗. ……아, 예…… 예에……~~!"

키스를 떠올리고 말았는지 푸쉬, 수증기가 끓어오를 만큼 얼굴을 새빨갛게 물들인 아테나. 그림으로 그리고 액자에 넣어서 장식해두고 싶어질 만큼 귀엽지만, 그건 지금은 참고.

"그때, 나는 《봉인 마법》을 풀었지만——정확하게 표현한다면 '빨아냈다'라는 게 옳아. 그러니까 내 몸 안에는, 빨아낸 《봉인 마법》이 있고——아니, 이것도 정확하게 말한다면 '조금 전까지 있었던' 거야."

"어. ……그, 그럼 그런 지금 어디에…… 앗?!"

그때 떠올랐는지 아테나가 엔테에게 시선을 향하자.

"읏, 웃…… 으, 으으윽……?! 뭐야, 이건…… 몸이 안쪽에서 불타는 것처럼…… 아, 아앗…… 뜨거워——?!"

《마검 크로노스》에 꿰뚫린 가슴을 누르며 엔테는 그 자리에서 데굴데굴 굴렀다.

리아라와 아테나는 당황했지만 크로노스는 냉정하게, 엔테에게 이야기를 건넸다.

"애당초 말이지, 논리가 안 맞거든——아테나가 《공주님》으로 선택되고 그게 방해가 됐다면, 엔테 너는 어째서 그 시점에서 아테나의 목숨을 빼앗지 않았지? 굳이 노예로 만들어서 국외로 추방한 건——너 자신의 의지라고, 정말로 그렇게 생각하나?"

"무, 무슨 소리를, 그야 당연하…… 어? ……어, 어째서…… 어라……?"

"이유를 알 수가 없겠지. 훗, 후하핫. 세뇌를 조종하여 자신이 우위에 서 있다고 믿는 사람은, 자신의 의지를 조종당하더라도 알아차리지 못하는 거구나!"

"마, 말도 안 돼…… 말도 안 돼 말도 안 돼 말도 안 돼! 누가, 누가 나를 조종했다고——!"

"그야 뻔하잖아——다르크야! 네가 빼앗아서 사라졌다고 믿은 아테나의 어머니는——네 안에 남아 있어! 그리고 적어도 딸의 목숨만이라도 구하려고, 그 순간만이라고는 해도 반대로 널 조종했던 거지!"

그리고 지금 《마검 크로노스》로 크로노스가 영향을 미친 것은.

"《봉인 마법》은—— 다르크가 원래부터 가지고 있던 '마법 기술'이겠지. 엔테에게 빼앗기기 직전, 아테나의 마력을 봉인하고 자신 안에도 자기 영혼을 봉인했던 거야. 재미있네. 아테나한테서 빨아들인 '봉인'은, 동시에 봉인을 푸는 '열쇠'가 되기도 했어. 그것이 지금 엔테의—— 아니, 다르크의 몸 안으로 돌아가면, 어떻게 되는가."

그 뒤로는 이제 자연의 이치.

꿰뚫린 가슴 중앙에서 깜박이는 빛이 커지며 주위를 밝히자.

"자, 잠깐, 나는 아직…… 으, 아아…… 아아아——?!"

엔테의, 단말마 비명을 남기고 풀썩, 꼭두각시 인형의 실이 끊어진 것처럼 힘이 다하고.

"……어, 어떻게 된 거죠? 크로노스……."

리아라가 중얼거린 그 의문의 해답은 금세 나왔다.

가슴을 꿰뚫리고, 하지만 그 부분의 상처는 완전히 사라진 그녀가.

천천히, 천천히 상반신을 일으키고.

"아테나."

"웃……!"

아테나의 이름을 불렀다.

그리고 시간으로 따지면 몇 초, 하지만 몇 년을 넘는 것처럼도 느껴지는── 시간을 넘어서.

"정말로, 정말로── 커졌구나, 아테나──."

그 말을 계기로──아테나는 어머니의 품으로 뛰어들었다.

"으, 아아, 아…… 어머니…… 어머니……!"

"어머, 어머…… 나보다 훨씬 커졌는데…… 울보구나. 그러네, 아테나는 갓난아기 때부터 자주 우는 아이였지…… 후훗, 착하지, 착하지."

그곳에 있던 것은 조금 전까지 싸우던 적이 아니었다.

그저── 서로를 사랑하고, 자애를 나누는 평범한──어머니와 딸이었다.

다른 사람의 시선을 꺼리지 않고 흐느끼는 아테나와 딸의 머리를 쓰다듬는 다르크.

그 광경을 보고, 양손으로 얼굴을 가리고 고개를 숙이며 침묵하던 리아라에게 크로노스가 말을 건네어보니.

"리아라? 이봐, 왜 그래. 감동의 재회라고. 이봐──."

"……후에에으…… 으먀…… ◎△으헤※냐으으으……."

"이런. 괜찮아? 숨을 쉴 수 있나, 이봐."

이제는 말도 제대로 안 될 만큼 우는 리아라가, 이번에는 걱정이 되는 크로노스였다.

그때 다르크가 고개를 들고.

"……네가, 크로노스 군이구나. 이제까지 아테나를 도와주어서…… 고마워."

역시 모녀라고 해야 할까, 아테나와 마찬가지로 모성적인 미소를 띠었다——만, 그러나.

"당신 덕분에 살았어요. 이제 저는, 이대로도 괜찮으니까."

"——하지만 말이지, 아직 끝이 아니거든, 이게."

"어. ……어?"

말을 가로막자 당황한 다르크와, 리아라와 아테나.

하지만 내버려 둬도 좋은 일은 없을 테니까, 그러면서 크로노스는 계속 말했다.

"다르크의 몸은 되찾았다, 그건 틀림없지——만, 엔테는 아직 완전히 사라지지 않았어. 그야 그렇겠지, 아까도 그저 쓰러뜨렸을 뿐이니까. 마력을 거의 다 잃었어도, 또 시간이 지나면 같은 비극을 되풀이하게 될 거야."

"……예?! 그, 그럼 크로노스, 어떻게 해야…… 어. ……잠깐만요, 저, 지금 굉장히…… 터무니없는 일을 상상해버렸는데요——?!"

그 상상, 아마도 정답—— 크로노스는 터무니없는 소리를 입에 담았다——!

"그래—— '조교'하는 거야! 다르크 안에서 엔테를 쫓아내기 위해서!"

드높이 외치는 크로노스, 하지만 아무리 그래도 이 상황에서는 딸 아테나가 소리를 높이고.

"자, 잠깐만요, 크로노스 님…… 어머니께, 세상에, 아무리 그래도……!"

"그, 그래, 아테나! 좀 더 말해줘, 그만두라고! 날 지켜──."

"아, 이거, 엔테가 살짝 들어왔네요…… 미안해요, 크로노스 님…… 역시 확실하게…… 깨끗이 빨아들여 주세요……."

"어, 어떻게 아는데?! 앗. ……아니, 노, 농담~♪ 농, 담……."

그다지 말하고 싶지는 않지만── "엔테와 이스펜, 진짜 모녀 지간 아냐?" 그리 말하고 싶어지는 크로노스. (사실은 이스펜의 외침, 《통신 마법》으로 확실하게 들었다.)

자, 멋들어지게 진실을 말해버린 엔테. 딸의 승낙도 얻었고.

이제 '조교'의 길에서──벗어날 방도는 없다──!

■ ■ ■

엔테를 완전히 없애버리기 위해, 크로노스가 준비한 《노예 성구》는 몸의 각 부분에 장착하여 진공 기능으로 빨아내는 기구.

본래라면 펌프식이지만 《낙인 마법》의 마력으로 작동하도록 개량을 거듭한, 크로노스가 자랑하는 일품이었다.

그것을 지금 바야흐로, 엔테가 들어 있는 다르크의──몸의 민감한 부위에 장착하고.

"자──잠깐잠깐잠깐, 네놈! 아무리 그래도 이건 광기잖아! 딸의 눈앞이라고?! 네놈, 이게 아무리 딸이 허가했다고 그래도 용서받을 수 없다고 이봐 너 이 자식?!"

엔테의 찌꺼기, 같은 식으로 생각했던 것보다 훨씬 활기가 넘쳤다.

그렇게 생각하자마자 갑자기 슥, 표정과 무엇보다도 목소리가 차분해지고.

"……제 안에 있던, 엔테 님…… 아니, 엔테. 이런 거구나…… 크로노스 군, 미안해요. 누차누차, 수고를 하게 만들어버렸는데…… 사양 말고, 해버리라고요?"

좋아, 모녀 모두에게서 허가를 얻었다──고 생각했더니 또다시.

"아니아니 말도 안 되잖아, 본인이 바란다니! 이 음란한 것! 욕구 불만! 다시 생각해, 다르크! 그게 나는, 이제는 나쁜 짓을 안 할 테니까! 함께 살자고?! 응──."

"즐거워 보이네, 엔테. 하지만 뭐, 다르크가 피곤할 테니까── 극락왕생해, 으랏."

"아. ……아, 아…… 아아아앗…… 후야아아아아아앗?!"

《노예 성구》를 기동시키자, 몸의 각 부분에 붙어 있던 기구가 흡입을 시작했다.

슈우우우, 소리가 들리는 가운데, '엔테'의 분위기도 변하고.

"오, 오, 오…… 웃?! 마, 말도 안 돼, 어째서…… 이런 바보 같은 아이템으로…… 내가…… 내가 정말로, 사, 사라지는…… 으아, 아, 아아아……?!"

저항하는 목소리가 서서히 약해지기 시작했다. 효과는 발군, 이라고 할까.

다만 딱하게도 '엔테'가 사라질수록 '다르크'는 괴로워하고——!

"앙♡ ······시, 싫어라, 나잇값도 못 하고 이상한 소리를······ 보기 흉하게, 미안해요······ 차, 참을게요······ 히얏♡"

욕구 불만······ 아니, 갸륵하게도 견뎌내는 다르크가 딱하기 그지없었다.

어쨌든 가차 없는 흡입을 계속하여, 마침내——'엔테'는.

"제, 젠장······ 젠장······ 이, 이런 걸로, 내 야망이, 기나긴 시간이······ 무로, 무로 돌아가다니······ 젠장, 젠, 자아아앙······ 이게, 이게······ 아, 아아, 아——."

강하게 몸을 젖히고 마지막으로 흘린 단말마가——.

"——아웃♡"

살짝 요염함을 머금은 것은 기분 탓으로 생각해줘야 할까.

이리하여 (이런저런 의미로) 승천한 엔테, 이번에야말로 다르크는 해방되었을 터인데.

"하아, 하아······ 응. 괘, 괜찮아······ 후우······ 내 안에서, 엔테가 사라졌어······ 알 수 있어. 정말로, 고마워. ······고마워. ······저기, 저기······ 크로노스 군?"

몇 번을 불러도 대답도 않자 불안해하기 시작하는 다르크, 였지만.

크로노스는 신중한 남자였다. 그 신중함을 발휘하여──아, 달칵.

"아, 어, 어째서──후, 아아아아앙♡"

마지막으로 다시 한번 빨아들이고, '다르크'도 쓰러졌다.

완벽하게 일을 완수했다. 그런 확신으로 득의양양한 크로노스에게──등 뒤에서 귀기 어린 리아라가 《신검 아리에스》를 손에 들고서 말을 걸고.

"크로노스. 구태여, 구태여 물어보겠는데…… 마지막 그건, 정말로 필요했나요?"

"어, 그야 당연하지. 그게 왜, 스스로도 깨닫지 못했을 뿐이지 아직 남아 있을지도 모르는 거잖아. 혹시 모르니까 빨아내야겠다고. 누가 뭐래도 필요할 만큼 확실하게 필요했다니까."

"그렇군요, 이치에 맞네요. ……하지만 지금은 그런 이치를 넘어서…… 벌을 주어야 한다고 생각하는 거라고요~……?!"

"그만! 우오오, 허둥지둥 후다닥이라고! 안녕이다~!"

"기다리세요?! 크로노스, 이…… 야한 노예상~?!"

그 매도, 이제 와서 새삼스럽게 듣지 않아도 자명한 소리──그리 생각하며, 《신검》으로 후려치려는 《신장 노예 공주》한테서 크로노스는 이리저리 도망치는 것이었다.

■ ■ ■

크로노스 일행이, 정확하게는 특히 리아라가 간신히 진정이 되었을 무렵.

여분의 녹아웃 피해자, 다르크가 깨어나고.

"으, 으응…… 욕구 불만이 아닌걸…… 앗? 여, 여긴?"

"……앗, 어머니…… 다행이야, 깨어나서…… 괜찮아?"

다르크에게 무릎베개를 해주던 것은 아테나. 자기 딸의 무릎을 베고 다르크는 조금 부끄러운 모양이지만 금세 미소를 띠었다.

"어머, 아테나…… 어쩐지 신기하네. 내 기억에서는 작은 갓난 아기였던 너인데…… 이렇게 무릎을 베고서 누워 있다니…… 나쁘진 않지만♪"

"에…… 엔테한테 조종당하던 때…… 기억하는 거, 아냐? 자, 잘도 난 줄 알았구나……?"

"그야 당연하지. 딸을…… 몰라볼 리가 없잖니."

"읏. ……응, 응…… 고마워, 어머니…….”

또다시 울 것 같은 아테나를, 상반신을 일으킨 다르크가 웃으며 쓰다듬었다.

그런 마음 따듯한 광경에 훗, 크로노스가 웃고 있었더니 다르크가 이야기를 건넸다.

"크로노스 군…… 다시금…… 고마워. 아테나를, 도와주고…… 그것만이 아니라 나까지 구해주다니. 이런 아줌마는 도와주는 보람도 없었을 텐데, 후훗."

"아니, 그렇지 않아. 아테나의 행복을 위해서 당연할 일을 했을 따름이야. 애당초 외모를 따지자면 너무 젊을 정도고, 조종당하던 세월을 빼면 마음도 젊을지도 모른다고. 이제까지 정말——열심히 했구나, 잘했어."

"어…… 꺅?! 어, 어머…… 어머나."

무심코 손이 나간 크로노스, 다르크의 머리를 쓰다듬어주자 뺨을 확 물들이고.

"어, 어머어머, 안 돼, 크로노스 군도 참, 이런 아줌마를 상대로~……♡"

붉게 달아오른 뺨에 가볍게 손을 대고 부끄러워하는 모습은 도무지 '아줌마'라고는 여겨지지 않는, 역시나 소녀 같은 인상이었다. 마력이란 굉장하다.

좋아, 노예로 만들어버릴까, 크로노스는 딸 앞에서 지독한 생각을 할 뻔했지만——하지만 바로 그 아테나가 팔에 안겨들어서.

"……음, 으~음…… 크로노스 님…… 저, 저는? ……말이에요……."

잔뜩 입술을 삐죽이는 아테나를 보고 다르크는.

"! ……그래, 아테나…… 그렇구나. 너한테는, 이미…… 어머, 어머어머 ♪"

무언가를 헤아렸는지 생글생글 미소 짓는 다르크.

"음?" 하며 크로노스가 고개를 갸웃거리는 사이, "어흠" 하고 헛기침을 한 리아라가 차분하게 말을 건넸다.

"뭐, 어쨌든…… 이걸로 어찌어찌 해결되었네요. 아테나 씨는 무사하고…… 다르크 씨도 무사하고. 방식에는 이래저래 불만도 있지만…… 크로노스."

이름을 부르고 진지하게 바라보는 리아라의 표정이──환하게, 온화한 미소로 바뀌고.

"수고했어요── 멋있었어요♡"
"! 오, 오오── 후하핫, 그건 뭐, 당연하지!"

여전히 방심할 수 없는 리아라의 기습에 수줍음을 감추려 가슴을 펴는 크로노스.
어쨌든 이것으로 크로노스의 목적은 달성되었고.
"이 몸의 '귀여운 노예'의 행복을 위해서라면──뭐든 할 테니까 말이야!"
기나긴 밤은 간신히 종언을 맞이하고, 하늘은 밝아오기 시작하는 것이었다.

■ ■ ■

크로노스 일행이 《노예 하렘 왕국 크로노스》로 돌아온 것은, 《마법 대국 엔테》를 공략한 뒤로 몇 주가 지났을 무렵이었다.
'귀여운 노예'가 한데 모인 넓은 응접실에서 느긋하게 목소리를 흘린 것은.
"하아…… 역시, 본거지, 마음 편해. 뒹굴뒹굴……."
"……그러네, 그 말이 맞아. 여기서…… 떨어지고 싶지 않아.

213

후우…….”

노노와 에리──에게 살짝 분개가 섞인 목소리를 건넨 것은.

“노노 씨, 에리 씨. 느긋한 건 상관없지만…… 상관없지만,
말·이·죠~…… 크로노스한테 그렇게까지 찰싹 달라붙을 필요
가 있나요?!”

리아라가 말했다시피 노노와 에리는 크로노스 양옆을 차지하
고 있었다.

게다가──노노는 고양이 귀, 에리는 강아지 귀라는 덤도 붙여
서──!

“필요 있어. 《마법 대국》에서는, 처음에, 크로랑, 계속 떨어져
있었어. 크로 성분, 보급해. 냥, 냥.”

“나도…… 쿠 성분, 필요해. 잔뜩 귀여워해달라고 할 거야.
……멍.”

“말은 그러지만 둘 다 전투가 끝나고 합류한 뒤로는, 더 이상
없을 만큼 응석을 부렸을 텐데! 이제 그만 좀, 만족하세요─!”

“무리냥.” “멍멍…….”

“사람의 말로 이야기하세요─!”

대체로 계속 이런 분위기였다.

참고로 피와 란도 마찬가지로 마음을 놓고 있었다.

“후아아~…… 정말로 돌아올 수 있어서 다행이에요~…… 큰
일이었는걸요…… 이제 당분간, 피, 쉬고 싶어요─…….”

“으, 응. 뭐, 동의하지만…… 어쩐지 피, 생각했던 이상으로 엄
청 익숙해졌네…… 의외로 적응력, 높은 거야?”

란은 살짝 미묘한 표정이었지만 뭐, 익숙해지지 못하는 것보다는 훨씬 낫다.

그렇게 크로노스가 노노와 에리를 쓰다듬는 사이, 갈라테아가 이야기를 건네고.

"크로노스 두목님⋯⋯ 《용국 트리아나》는 정식으로 《마법 대국》에게서 지원을 받을 수 있게 되었어요. 이제 표면적으로만 동맹 관계가 아니에요. ⋯⋯우후후~, 이것도 전부 크로노스 두목님 덕분이에요♪"

"우하하, 그건 잘 됐다만──그것도 모두 에리와 함께 너희가, 열심히 노력했던 덕분이야. 그래그래, 칭찬해줄게, 갈라테아─."

"앙⋯⋯ 그, 그저 감사드릴 따름이에요~⋯⋯♡"

뺨에서 턱 아래에 걸쳐 공들여 쓰다듬어주자 황홀한 표정을 띠는 갈라테아.

크로노스의 '귀여운 노예'들이 모여서 저마다 지내는 이 광경.

그런 가운데── 툭 하니, 루아가 작게 중얼거렸다.

"하지만⋯⋯ 아테나 씨, 정말로⋯⋯ 괜찮은 걸까요."

"! ⋯⋯루아 씨."

루아의 말을 듣고 귀를 기울인 것은 리아라.

《마법 대국 엔테》──지금은 '엔테'라는 이름에서 벗어나 《마법 대국》으로 다시 시작, 새로운 걸음을 옮기기 시작했다.

그런 가운데, '신탁'을 받은 《공주님》이자 마력을 되찾은 아테나는 이제 꺼림칙한 존재가 아니라 오히려 두 손을 들고 환영해야 할 존재가 되었다.

현 《공주님》인 다르크 안에서 '엔테'는 사라져서 더 이상 우려할 일도 없었다.

아테나가 《마법 대국》을 등질 이유는…… 어디에도 없는 것이었다.

그렇다, 그렇기에 정말로 괜찮은 것이냐고, 루아는 생각하는 것이리라.

그런 아테나를──…….

"크로노스 님, 여러분…… 쿠키를 구웠어요──…… ♪ 홍차도 드세요…… ♪"

"──데리고 돌아와 버렸는데, 정말로 괜찮은 걸까요?!"

"? 루, 루아 양…… 왜 그래?"

루아의 의문에 아테나가 어리둥절해서는 고개를 갸웃거렸다.

그때 리아라가 루아를 대신해서 아테나에게 물었다.

"저, 저기, 아테나 씨…… 정말로 《마법 대국》에 남지 않고 여기로 돌아온 거, 괜찮나요? 나라 일은 몰라도……어머님과 함께 살 수 있을지도 모르는데."

"! 리아라 양…… 응, 나도 그 생각은 잠깐 했는데……."

살짝 고개를 숙인 아테나가, 하지만 금세 고개를 들고 미소 지었다.

"어머님은…… 내가 크로노스 님을 선택할 거라고…… 처음부터 알고 있었나 봐."

"어. ……저, 정말인가요?"

"응. 듣자 하니……『아테나한테는 이미 어머니보다 소중하게 생각하는 사람이 생겼구나. 그렇다면…… 절대로 떨어지면 안돼.』『행복해지렴』……이라고."

"! 그…… 그런, 가요. 그래…… 후훗, 그렇다면…… 잘 됐네요♪"

리아라도 아테나와 떨어지고 싶었던 것은 아닐 테니까.

다만 역시나 신경 쓰이는 일도 남아 있는 모양이라.

"하지만 《마법 공주》 '세 자매'의 장녀…… 이스펜 씨는 정말로 개심한 걸까요? 어쩐지 노노 씨네, 터무니없는 '조교'를 한 모양이던데…… 저는 그 후로 한 번도 만난 적이 없으니…… 음~, 걱정이네요……."

『──그럴 거라 생각해서, 보고 드립니다. 리아라 님.』

"헤? 이 목소리는…… 피오나?"

크로노스의 '문장'에서 《통신 마법》을 통해 피오나의 목소리가 전달되었다.

피오나는 《신국 아리에스》를 중심으로, 외교를 위해 정력적으로 활동해주고 있었다.

크로노스에게도 빈번하게 보고를 해주고(개인적인 용건도 포함해서), 지금은 《마법 대국》에 체류하고 있을 터였다. 이번에는 메이도 동행하고 있을 터.

그러자 아니나 다를까, 메이의 목소리와 그에 이어 이스펜의 목소리도 전해지고.

『괜찮아요, 크로노스 님. 리아라 언니. 있지, 이스펜 씨. 이제 아테나 씨한테 나쁜 짓을 하려는 생각은 없죠~?』

『물론이에요. 아테나 님이야말로 정의다.』

"제가 말하는 것도 뭣하지만, 《마법 대국》은 앞으로 괜찮은 건가요?"

리아라의 불안도 지당하지만, 방치하는 것보다 '조교'를 해버린 지금이 훨씬 낫겠지. 사실 이스펜의 목소리, 엄청 떨리고 있었지만.

어쨌든 보고해준 두 사람에게, 크로노스는 치하의 목소리를 보냈다.

"후하하, 잘 해주고 있구나, 메이, 피오나! 다음에 이쪽으로 올 때는 포상으로 있는 힘껏 귀여워해줄 테니까!"

『정말인가요?! 약속이에요, 크로노스 님. 와─♡』

『아아아…… 참으로 황송한 말씀, 크로노스 경……♡』

기쁜 듯 황홀한 목소리도 남기고 통신을 마쳤다.

그리고 크로노스가 한숨을 돌리자, 절묘한 타이밍에 아테나가 나와서는.

"자, 크로노스 님…… 쿠키랑 홍차……예요♡"

"오, 역시 완벽한 솜씨구나. ──흠."

"? 크로노스 님…… 무슨 일, 있으세요?"

고개를 갸웃거리며 바라보는 아테나를 보고서 크로노스는 잠시 생각에 잠기고.

딱 하나, 물어봐야 하는 것을 입에 담았다.

"아테나. 아테나는, 지금──행복해?"

"! …………."

그 짧은 물음에 아테나는 잠시 침묵하고.

이윽고 천천히 대답한 말은.

"예, 크로노스 님. 저는, 아테나는——누구보다도 행복해요♡"

"! ……홋, 그런가."

비쳐드는 햇살에도 지지 않는, 환하게 빛날 만큼 행복해 보이는 아테나의 미소를 보고.

크로노스는 코끝을 문지르고 씩 웃음으로 답하고.

"뭐, 이 몸과 함께 있으면 행복한 건 당연하지만 말이야! 후하하——앗."

"예…… 당연, 해요♡"

드높이 웃는 크로노스 옆에서, 아테나는 언제까지고 생글생글 계속 웃었다.

■ ■ ■

——그런 온화한 하루가 끝난 그 날 밤, 크로노스의 방에서.

"좋아, '조교'한다고! 하! 한다고!"

저기, 크로노스. 진심으로 하는 이야긴가요?"

당황과 의문이 뒤섞인 복잡한 말을 꺼내는 리아라 옆에서.

"아, 아으…… 이, 이번에는 뭘 하는 걸까요…… 사, 살살해…… 주세요♡"

아테나는 머뭇머뭇 중얼거렸지만, 어쩐지 웰컴처럼 보이는 것은 기분 탓일까.

여하튼 크로노스는 진심이고, 살살할 생각도 없었다.

공포에 떨고 있는(그렇게 생각하고 싶은) 리아라와 아테나에게 가차 없이 고했다.

"엔테와의 결전 즈음부터 계속 생각하던 게 있거든. 조금 하드하기는 하지만──큭큭큭, 어울려줘야겠어!"

"결전 때부터, 라니…… 무, 무슨 생각을 하는 건가요? 무서운데요……."

"이것 참, 벌써 시작했다고? 깨닫지 못했나──지금 자신들의 모습을."

"우리의, 모습인가요……? ……아니, 어엇…… 이거……?!"

리아라와 아테나, 동시에 깨달았는지 놀라서 소리 높였다.

"이, 이 의상──《신장 노예 공주》?!"
"이, 이쪽은…… 《마장 노예 공주》……?!"

그렇다, 엔테와의 결전에서 보았던 그 독특한 드레스였다.

당연히 《여신의 성구》를 사용하는 것은 아니고 《환각향》의 효과였다. 뭐, 지금 겉모습에 가까운 옷을 사전에 입혀서 분위기를 맞추기도 했지만.

그리고 그런 아름다운 백과 흑의 《공주님》을 앞에 두고 크로노스는.

"그리고 이 몸은 《노예 마왕 크로노스》──너희를 유린하는 자야, 후하하——앗!"

"어. ……어, 잠깐, 크로노스의 모습이——어어어~~~엇?!"

놀라서 소리 높이는 리아라 앞에 현현한 《노예 마왕 크로노스》의 모습은 곳곳에 촉수가 난, 신화에 등장하는 마수 같아서.

아테나가 부들부들 떨며 한마디.

"저, 저기저기, 크로노스 님…… 노, 농담이시죠, 세상에……."

"크크크, 농담? 농담이라고 생각하나——이런 짓을 당해도! 핫!"

"어, 꺄, 아——꺄앙?!"

《노예 성구》로 만든 촉수를 조종하여 아테나의 몸 여기저기를 휘감고 끌어당겼다.

유린한다, 그 말 그대로 꿈틀꿈틀 양손을 꿈틀대며 극상의 그 몸을 관능했다.

"킄킄킄, 왜 그래 《마장 노예 공주》, 무서워하는 것처럼 그래놓고 몸은 꽤나 기뻐하고 있잖아. 어——디어디, 날——름날름."

"세, 세상에…… 아앗♡ 아, 안 돼…… 핥으면…… 떽♡이에요……♡"

"웃, 크로노스! 적당히 좀 하세——꺄악?!"

참지 못하고 튀어나온 리아라를 기다렸다는 듯, 크로노스는 촉수를 조종하여 아테나와 함께 붙잡아버렸다.

"킄킄킄, 안심해, 《신장 노예 공주》. 너도 잊지 않고 잔뜩 귀여워해줄 테니까! 어~디어디, 주물럭주물럭."

"싫어…… 아, 아무도 그런 거, 부탁한 적 없어요! 그만…… 앗♡"

거부의 뜻을 설득력이 없는 교성으로 지우며, 그럼에도 굴복하지 않는 《신장 노예 공주》와, 그리고 《마장 노예 공주》는.

"큭…… 에잇, 마음대로 하세요! 아무리 굴욕을 받더라도 저는 지지 않아요…… 《노예 마왕 크로노스》! 당신의 악을, 수정하겠어요!"

"저, 저도, 지지 않으니까요……♡ 덤벼, 보, 보…… 보세요♡"

"후하하, 그 의지야! 잔뜩 귀여워해주지—! 후하하—!"

"앗, 아앗…… 아, 안 돼♡" "행복해…… 어, 아니, 그만……♡"

크로노스와, 리아라와 아테나가 펼치는 이 음란하고 고상한 축제는——사실 아침까지 끊임없이 이어지고 마는 것이었다.

최강 **노예상**의

낙인 마법과 미소녀 함락

STIGMA MAGIC OF
THE SLAVE TRADER &
DEGENERATE BEAUTIFUL GIRL

Saikyo doreisho no rakuinmajutsu to bishojootoshi

《노예 왕국 크로노스》의 중심지, 주인인 노예상 크로노스의 방에서 오늘도 그의 터무니없는 '조교'를 끝까지 당한 리아라가 휘청휘청 실내를 걷고 있었다.

"으, 으으~…… 뭐, 뭐가《노예 마왕 크로노스》인가요~…… 잘 생각해 보면, 결국 평소의 변태일 뿐이잖아요…… 이, 이 녀석~, 이에요……."

완전한 피해자 리아라는 불평을 흘리며, 침대에서 태평하게 코를 고는 크로노스와 그의 팔베개 위에서 새근새근 행복하게 잠든 아테나에게서 등을 돌리고 물을 한 잔 찾았다.

크로노스가 애용하는 책상 위에 있는 물주전자에서 컵에 물을 따르며…… 리아라도 조금 전까지 아테나와 같은 상태였구나, 떠올리자 뺨이 확 달아오르고.

"저, 정말이지~! 또 나는 흐름에 넘어가서 그런 걸…… 다, 다음에는 지지 않아요! 아니, 다음도 있다든지 기대…… 다시, 걱정하는 게 아니라! ——아니, 꺅?!"

리아라가 멋대로 몸부림을 치다가 그 반동으로 컵을 바닥에 떨어뜨리고 말았다.

실수했다, 리아라가 황급히 쪼그려 앉았다. 다행히도 두꺼운 카펫 위에 떨어진 컵은 깨지지 않아서 휴우, 우선은 안심했다.

——하지만 문득 리아라의 시선이 머무른 곳은, 크로노스의 책상 가장 아래의 서랍.

"……어라? 서랍, 살짝 열려…… 어? 이건…… 뭐죠?"

평소의 리아라라면 몰래 들여다보다니, 그런 예의 없는 행동은 하지 않았을지도 모른다.

'조교' 때문에 지친 머리가 그렇게 만들었는지, 아니면 크로노스의 《노예 공주》로 보내는 생활에 익숙해져서 호기심이 행동력을 부추기고 말았는지.

리아라는 서랍을 열고 안에 있던──낡은 상자를 꺼내고, 그리고.

"어? ……이건…… 어? ……어째서, 이런 물건이, 여기에…….."

"────리아라, 그런 곳에 쪼그려 앉아서 뭐해?!"

"꺅?! 앗, 크, 크로노스?!"

어느샌가 등 뒤에 서 있었는지, 그럼에도 깨닫지 못할 만큼 집중하고 있던 리아라가 그에게 허둥지둥 사과했다.

"미, 미안해요, 멋대로. 으음, 그게…… 서랍이 열려 있어서…… 안을 봐버려서. ……하지만, 저기…… 크로노스, 이건 어째서…….."

물어봐도 될까. 몇 번이나 망설이며 리아라는 그림에도.

상자 안에 있던 물건의 정체를──입에 담고 동시에 물었다.

"어째서 크로노스가──북쪽 《패국(覇國) 아스가르데》의, 왕족의 증거인 문장이 새겨진 펜던트를 가지고 있는 건가요?"

《패국 아스가르데》──'일곱 나라' 가운데 가장 북쪽에 위치한,

극한의 힘겹고 가혹한 환경에 뿌리 내린,《여신의 사도》중 하나인 '아스가르데'가 건국한 군사 국가다.

《신국 아리에스》의 입장에서는 정북쪽에 있는《패국》과는 국교도 있고, 아직《공주님》이 아니었던 어린 시절의 리아라도 몇 번인가 우호의 행사에 참가한 적도 있었다.

하지만 그런《패국》왕족의 증표를 어째서 크로노스가?

상상의 여지조차 없이 당황한 리아라에게, 마주 보는 크로노스는 드물게도 떨떠름한 표정을 띠고.

"어, 어―, 그게 말이지. 봐버렸나. 으―음, 뭐라고 할까, 말이지."

"아…… 미, 미안해요, 정말로. 그게…… 화났나요?"

"음, 아니아니, 그런 건 아니고. 딱히 감추려던 것도 아니니까. 그러니까 그렇게 불안해하는 표정 짓지 말아줘. 하지만, 그러네. 음~. …………."

잠시 크로노스가 생각에 잠기고, 리아라에게 건넨 말은.

"――하나, 옛날이야기라도 할까."

"옛날이야기……인가요?"

"응. 대략 10년 정도 전의, 어느 '평범한 꼬맹이'의――시답잖은 옛날이야기야."

크로노스가 말하는 '평범한 꼬맹이'가 대체 누구를 가리키는가.

그 정도는 리아라도 알고는 있었지만.

지금은 그저 크로노스가 이야기하는 옛날이야기에 조용히 귀를 기울였다――.

■ ■ ■

《여신의 사도》인 《원초의 공주님》들이 건국한 '일곱 나라'.

그중에서도 가장 가혹한 북쪽 땅에 존재하는 《패국 아스가르데》는, 그 가혹함마저 어린애 장난으로 여겨질 만큼 오싹한 정도의 권력 투쟁이 뒤에서 펼쳐지고 있어서.

'평범한 꼬맹이'는 바로 그 《패국》에서, 서열이 낮은 '왕자'로서 삶을 받았다.

그리고 이것은 《패국》에 한정되는 일이 아니지만──《여신》 신앙이 뿌리 깊은 이 세계에서는, 그것은 《공주님》에 대한 신앙으로도 직결된다.

그러는 한편, 결코 《공주님》이 될 수는 없는 '왕자'는 그야말로 소홀히 취급되어 부당할 정도로 경시되는 경우마저 있었다. 특히 가혹한 《패국》에서는 서열이 낮은 왕자 따윈, 열 살을 맞이할 때까지 살지 못하는 경우도 드물지는 않았다.

하지만 어느 '평범한 꼬맹이'는 그 지옥에서 도망칠 수 있었던 것이다.

──'세 여자' 덕분에──.

'첫 번째'는 서열이 낮은 공주이자 친어머니였다.

『부디, 부디──살아남아. 그저 그것만으로──그것만으로 충분하니까.』

아직 열 살도 채 되지 않은 아들에게 유물이 될 펜던트만을 들리고——후궁에서 도망칠 때, 생사를 판단할 수 없도록 만들고자 그녀는 남아서 스스로 불을 질렀다.

유일하게 신뢰할 수 있던 시녀에게 자기 아들을 맡기고.

'두 번째'는 이 시녀였다——그녀는 왕자라는 것은 이름뿐이고 누구도 신경을 쓰지 않았던 '평범한 꼬맹이'를 진심으로 걱정하고 다정하게 대해주었다.

탈출할 때에 작은 공작을 펼치기는 했어도 드러나는 것은 시간 문제. 서둘러 《패국》에서 탈출할 필요가 있었지만 연줄 따윈 없는 시녀 혼자서는 금세 한계가 찾아왔다.

시녀는 《패국》을 벗어나기 위하여 상인에게 의뢰하는 방법을 생각했다, 만——이름 있는 상인들은 자신의 생활을 버리면서까지, 정체도 모르는 '평범한 꼬맹이'를 구해주려고 하진 않았다.

단 하나, 의협심으로 알려진 어느 여자 상인을 제외하면.

시녀는 왕자를 여자 상인에게 맡기고 자신은 《패국》에 남았다.

『왕자님, 당신은 무척 장난이 심하신 분. 하지만 사실은 틀림없이 누구보다도 다정하신 분. 건강하시길——정말 좋아해요!』

나라에서 보낸 추격자를 막기 위해서, 친어머니처럼 몸을 던지고.

그리고 마지막 세 번째는 여자 상인——이름은 아니타라고 한다.

왕자는 더 이상 자신이 왕자가 아니라는 사실을 자각하였고, 왕자라는 사실에 원래부터 딱히 집착도 없었다. 지금 자신은 어느 누구도 아닌, '평범한 꼬맹이'라는 사실을 이해하고 있었다.

여자 상인 아니타와 함께 《패국》을 벗어난 '평범한 꼬맹이'는, 우선 《용국 트리아나》에 몸을 맡기고 1년 가까이 숨어 있게 된다. 에리와 만난 것도 이때였다.

리아라에게는 '살았던 적도 없다'라고 이야기했는데, 실제로 국내를 전전하는 삶이었기에 살았다는 감각은 없었다.

다만 여자임에도 《용국》의 야비한 남자를 상대로 한 치도 물러나지 않고 말솜씨로 다투는 아니타의 모습은 '평범한 꼬맹이'에게 강렬하게, 많은 것을 가르쳐주었다.

그리고 시간을 지나 아니타는 전부터 계획하고 있던——'일곱 나라' 가운데도 특히 풍요롭고 청렴한 정신 풍토로 알려진 《신국 아리에스》로 입국 준비를 마쳤다.

하지만 계획은 실현되지 않았다——《신국 아리에스》로 향하던 도중, 여자 상인 아니타의 재산에 눈독을 들이고 있던 《용국》의 도적들에게 습격을 당한 것이었다.

숫자에 밀리는 상황에서, 《용국》에서 고용한 호위 남자들은 앞다투어 도망쳤다. 혹은 처음부터 호위와 도적들은 공모를 했을지도 모른다.

그럼에도, 그럼에도 아니타는 단 한 사람, '평범한 꼬맹이'를 감싸고 말을 몰았다.

재산을 내팽개쳐서 도적의 시선을 가리고――그럼에도 쫓아오는 도적의 검에 몸을 드러내어 화살을 맞고 베이면서도, '평범한 꼬맹이'를 감싸며 필사적으로 달렸다.

그리하여 기적적으로 도적들을 뿌리친 뒤, '세 번째' 여자는.

『달려, 달려, 땅 끝까지라도! 뒤는 돌아보지 마, 앞을 봐! 살아남기 위해 앞으로 달려! 후훗…… 좋은 남자가 되라고―― 장래성은 있으니까.』

태양 같은 미소를 띠고―― 영원히 눈을 감았다.

홀로 황야에 내팽개쳐진 소년을 덮친 것은《여신》의 자비가 아니라.

《패국》에서 보낸 추격자 기마대가 도적들의 흔적에서 성을 탈출한 왕자의 뒤를 붙잡고 말았다. 1년이 넘게 계속된 집념이, 한 줄기 화살이 도망치는 왕자의 등에서 명치까지 깊숙이 꿰뚫었다.

완전한 치명상으로 판단하고 기마대는 '평범한 꼬맹이'의 죽음을 확신했는지, 일말의 죄책감 때문인지 그 이상은 쫓으려 하지 않고 냉큼 발길을 돌려 귀환했다.

'평범한 꼬맹이'는 치명상을 입으면서도, 기어서라도 앞으로 나아갔다. 자신을 구해준 '세 여자'들을 위해 이를 악물고.

목적이었던《신국 아리에스》는 아득히 멀고, 애당초 수속을 갖추었던 아니타가 없으면 입국할 수도 없었다. '평범한 꼬맹이'는 그런 사실을 알면서도, 나아갔다.

마침내 한계는 찾아오고, '평범한 꼬맹이'는 힘이 다하여 짧은 생애를 마치려고 했다.

하지만 '평범한 꼬맹이'는 또다시 '여자'에게 구원을 받는다──이제는 숨이 끊어지려던 몸은 신기한 온기에 뒤덮이고, 아름다운 한 여자에게 안겨 있었던 것이다.

치명상이었을 터인 명치에는 대신에 신기한 '문장'이 새겨졌다. 소년을 안고 있던 여자는 어쩐지 죄책감이 느껴지는 말투로 이렇게 말했다.

『미안해. 너를 내 《노예》로 만들어버렸어.』

그녀는 자신을 《노예상》이라 소개하고, 노예가 된 '평범한 꼬맹이'는 하지만 마치 《여신》처럼 아름다운 '여주인'에게 이끌려서.

일곱 나라 중 어느 나라도 아닌──《여신마저 포기한 땅》에 다다랐다.

이리하며 그 누구도 아니었던 '평범한 꼬맹이'는 '세 여자'에게 구원을 받고.

《노예상》인 여주인에게 이름을 받아 진실된 인생을 걷기 시작했다.

'평범한 꼬맹이'에게 주어진 이름은 크로노스──크로노스 엘로드──.

■ ■ ■

크로노스가 이야기를 마치자 얌전한 표정으로 듣고 있던 리아라가 작게 입을 열고.

"《마법 대국》에서…… 이스펜의 '영역'에서 발견한 그 커다란 사슬…… 그리고 '세 자물쇠'는…… 크로노스를 도와준 '세 여성'들……이군요?"

"뭐, 그렇게 되겠지. 무거운 짐으로 생각했던 건 아니고 그저 감사할 뿐이지만. 후하하."

너무 음울해지지 않도록 크로노스는 가벼운 분위기로 이야기했지만 그다지 효과는 없었나보다. 리아라는 진지한 표정 그대로 계속해서 물었다.

"저기, 크로노스…… 물어봐도 될지 모르겠지만…… 하지만. 크로노스를 마지막으로 도와준 '여주인' 분은…… 대체 누구였나요?"

쭈뼛쭈뼛 묻는 리아라에게 크로노스는 웃음을 건네고 시원하게 단언했다.

"《여신》님이야── 다만 이 세계를 분쟁에서 구해냈다는 《자애의 여신》과는 달라.

일찍이 세계가 분쟁으로 가득했던 시대에 존재한── 《자유와 혼돈의 여신》님이야."

리아라의 입장에서는 처음 듣는 이야기일 것이다. 예전의 리아라라면 믿지 못했을 테지만, 지금 그녀는 놀라면서도 크로노스를 믿고 조용히 귀를 기울여주었다.

"《자유와 혼돈의 여신》님도 인간을 사랑하고, 사람들의 생활을 풍요롭게 만들고자 많은 지혜를 주었어. 불을 사용하는 법, 도구를 사용하는 법—— 마법 같은 것도 말이지. 하지만 인간은 그것을 이용해서 싸우기 시작했어. 그것을 막은 것이 동생인 여신, 다시 말해 지금 알려져 있는 《자애의 여신》님이야. 언니 여신님은 자신을 징계하여 《여신마저 포기한 땅》에 스스로를 봉인했어. 인간의 세상을 물려받은 동생 여신님은 《공주님》이 '일곱 나라'를 만들도록 하고, 《여신의 성구》도 남기고 치세를 바랐지만."

결국에 어떻게 되었느냐면.

"사람은 지금도 계속 다투고 있어. 그야말로 《여신의 성구》를 이용할 적도 있고, 《원초의 공주님》인 엔테마저 야망을 품고 있었으니까 말이야. 《여신마저 포기한 땅》에 틀어박혀 있던 언니 여신님 말인데—— 다정한 동생 여신님을 배려해서 적어도 《여신의 성구》를 회수하기를 바랐어. 그래서 스스로 봉인되어 있는 언니 여신님 대신에 내가 애를 쓰고 있던 거지."

일찍이 《신국》에서 리아라에게 이야기한 '여주인이었던 사람에 대한 보은'의 진실이, 이것이었다.

그렇지만 크로노스의 행동에 있어서 대전제는 흔들림 없이.

"여주인에게 의리를 지키는 것도 정말이지만, 《여신의 성구》도 내가 받은 '문장'에 따른 《낙인 마법》도, 나의 첫 번째 목적을 위해 편리하니까 이용하고 있어. 그것이 무엇인지는—— 리아라는 이미 알고 있잖아? 큭큭큭."

"! ……크로노스, 그건 역시……."

혁, 하며 리아라가 쳐다보자 척, 엄지를 세우고 크로노스는 드높이 외쳤다.

"'귀여운 여자들을 행복하게 만들기 위해'──이 몸의 귀여운 노예로 함락시키는 거야!"

"여, 역시! 어떻게 해도 거기로 가버리는 거군요?! 정말—!"

리아라의 분개 역시도 진실이겠지……만, 그녀는 금세 미소를 띠고.

"정말로…… 크로노스는 엉망진창이에요. 하지만…… 저는 감사해요. 크로노스에게 함락되고, 그리고 구원받은 본인으로서…… 크로노스를 구해준 언니 여신님인 여주인 분과…… 무엇보다도. '세 여성'에게…… 감사, 해요."

기도하듯 맞잡은 양손은, 말과 함께 그녀들에게 바치는 경의 같아서.

"크로노스가 여성을 소중하게 대한다, 그 행동 원리는── 그녀들로부터 시작된 거로군요.《여신》님께도 지지 않는 그녀들의 자애가…… 저는 자랑스럽고──."

"음. 어—, 아니, 으—음. 시작이라고 하면, 그건, 말이지?"

"? 예, '세 여성' 분이죠? ……어, 아닌가요?"

어리둥절해서 고개를 갸웃거리는, 그런 리아라를 상대로.

크로노스는 스스로 생각해도 드물게도, 부끄럽다고 생각하면서도 단언했다.

　"리아라, 너야—— 내 시작은, 리아라, 너라고."

　"어. ……후, 에? ……어, 어어엇?! 저라고요?! 어, 어째서?!"

　"어렸으니까 잊어버리는 것도 당연하지만—— 친교를 위해서 《패국》을 방문했을 때, 홀로 아무런 힘도 없이 한심한, 팔이 부러진 '평범한 꼬맹이'를 만난 걸 기억하진 못하나?"

　"어. ……어, 아…… 앗———?!"

　크로노스의 물음에, 리아라는 최근에 보인 것 중에서는 가장 놀란 표정을 내비쳤다.

　그것은 크로노스가 《패국》에 있던 무렵—— 과거의 아테나와 마찬가지로 크로노스 역시도 가혹한 환경에서 학대당하던 시절의 이야기다.

　그것은 이미 지금과는 달리 과거에는 공허하고 유약하며, 섬세하면서 기품이 넘쳐 장래성으로 풍부했던, 뭐, 미소년이라는 것 정도밖에 장점이 없는 '평범한 꼬맹이'가 입에 담은 말은.

　『핫! 네놈들보다 힘도 권력도 약한 꼬맹이한테만 허세를 부려대는 쓰레기 놈들이! 어디 지금은 제멋대로 떠들어대라고! 언젠가 반드시 후회하게 만들어주겠다고, 쓰레기들아!』

　……뭐, 예전도 지금도 크로노스는 크로노스였다고 말 못 할 것도 아니겠지만, 어쨌든 그렇게 분노를 부추기자 적대자는 '평범한 꼬맹이'의 팔뼈를 부러뜨려버렸다.

통증에 몸을 웅크린 '평범한 꼬맹이'에게 쏟아지는, 으스스한 웃음소리——가.

『——뭘 하는 건가요, 당신들! 그만하세요!』

어리면서도 의연하게 울리는, 드높은 소녀의 목소리에 산산이 흩어졌다.

소녀가 《신국》에서 우호를 위하여 방문한 공주라는 사실은 아래층까지 전해진 상태였다.

거품을 물고서 도망치는 남자들을 소녀는 더 이상 개의치 않고 '평범한 꼬맹이'에게 다가와서.

『으윽…… 어어?! 뭐야, 너! 다가오지 말라고——어?』

'평범한 꼬맹이'의 볼썽사나운 악다구니도 개의치 않고서—— 끌어안아 주고, 그리고.

『이제, 괜찮아——아픈 것도, 무서운 것도. 이제——없으니까, 말이야.』

『——————!! ………….』

『그래, 그래……예요. 착하지, 착해…….』

자신보다 훨씬 어리게 보이는 소녀가 다정하게, 자애롭게 끌어안고——치유의 빛, '회복 마법'으로 부서진 뼈마저 회복되어.

그때에 본 소녀의 미소가——《여신》처럼 빛나던 것을, 잊을 수 없었다.

그래 봐야 방문하던 왕녀는 무수했고, 멍청하게도 이름을 묻는 것도 잊어버린 크로노스는 서열이 낮은 탓에 우호의 자리에 나가지도 않았기에 재회할 수 있었던 것은 최근이었다……만.

"리아라를 《신국》에서 구한 날, 드레스를 찢으면서까지 내 팔을 치료해주었을 때에, 그때의 소녀가 리아라라는 걸 깨달았어. 설마 《공주님》이 되었다니──아니, 이제 와서 생각해보면 납득되지만. ……응? 리아라?"

"……크로노스, 제…… 제가…… 크로노스를, 구했다니…… 꿈에도 생각하지 않았는데…… 계속 도움을 받기만 했다고…… 생각했는데……!"

부들부들, 어깨를 떨고 눈물이 그렁그렁하던 리아라가──감격에 잠긴 마음을 해방하듯 두 팔을 벌리고서 끌어안으려 다가왔다──만.

"크로노스! 저, 당신과 만날 수 있어서 정말로 행복──."

"크로! 노노, 크로 덕분에──행복해. 정말♡"

"아잇! 노, 노노노, 노노 씨?! 어느새?!"

갑자기 크로노스의 등 뒤로 뛰어든 노노의 방해로 기세가 꺾인 리아라.

하지만 아무래도 숨어든 것은 노노만이 아니고──에리도 마찬가지라.

"리아라, 치사해. 쿠를 옛날에 구해줬다는 이야기는…… 감사하지만. 쿠를 사랑하는, 같은 '노예'로서…… 혼자 앞서가게 두진 않아. ……두진 않는걸."

"에, 에리 씨?! 사, 사사사랑한다니, 세상에…… 그보다, 언제부터 듣고 있었어요?!"

"언제부터…… 전부인데? '세 여성'의 이야기도 들었어. ……쿠,

그러면서도 나랑 만나고, 구해줬구나…… 나, 운명을…… 믿어요
♡"

크로노스의 오른팔에 꼭 안겨들어, 조금씩 익숙해진 미소를 띤
에리.

게다가 루아도 크로노스의 왼쪽 뒤에서 왼쪽 어깨에 손을 얹고
미소로 고개를 끄덕였다.

"정말이지, 크로노스 씨도 참, 정말로 이상한 사람이지만……
하지만 저도 구원을 받았고, 덕분에 강해졌으니까요. 방식은 어
어어어어어엄청 불만이지만요."

"오오, 루아. 훗, 끌어안지는 않는 만큼, 아직은 내성적인 모양
이지만——."

"아뇨, 이건 엉덩이를 주무르지 못하도록 하려고 거리를 벌린
건데요. 크로노스 씨, 방심도 빈틈도 없으니까요. 그렇게 쉽사리
주무르게 두지 않아요. 주무르지 못하게 할 거니까요."

"서, 성장했구나~."

살짝 감개 깊은 것도 같고, 아쉬운 것도 같고.

하지만 비어 있는 왼팔에——역시나 어느샌가 침대에서 빠져
나온 아테나가 감싸듯, 매달리듯 안겨들고.

"저도 크로노스 님과 만날 수 있어서…… 정말로, 행복해요. 그
런 크로노스 님을 좋아하는 친구인…… 리아라 양이 구해줬다
니…… 마치 운명 같아서."

"아테나——아아, 그렇구나. 우리는 이렇게 어딘가에서 이어져
있던 거야. 확실히 이건 운명이자——우리의 만남은 필연이기도

했다, 그렇게 생각해."

"예. 크로노스 님, 저…… 크로노스 님을…… 사랑해요♡"

녹아내릴 듯한 미성으로, 행복한 듯 눈을 가늘게 뜨며 아테나는 미소를 띠어주었다.

──다만 완전히 참견을 당한 모양새인 리아라는 아무래도 불만인지.

"저, 정말…… 정말정말정말─! 제, 제 이야기, 안 끝났다고요?! 여러분이야말로 치사해요! 저도…… 저도! ~~~윳!"

쌓이고 쌓인 감정을 폭발시키듯, 마침내 리아라는 외쳤다.

"크로노스와 만날 수 있어서, 정말로──사랑받아서 행복하니까요! 어라?"

그저 기세가 넘쳤는지 거짓 없는 본심(단정)까지 섞여버린 모양인데.

저택 밖에까지 울리지는 않았나, 그렇게 생각할 만큼 소리를 높이고만 리아라. 얼굴을 새빨갛게 물들이고 뻐끔뻐끔 입을 움직이더니 이윽고 덧붙인 한마디는.

"……처, 철회는…… 안 할, 테니까요♡ ……에, 에이─잇♡"

있는 힘껏 그것만 말하고 대담하게도──정면에서 끌어안았다.

최대한의 용기를 내었을 리아라를──노노가 손끝으로 찌르고, 에리가 공감해서 고개를 끄덕이고, 루아는 허둥지둥 얼굴을 물들이며 당황하고…… 아테나는 미소 지으며 머리를 쓰다듬어 주었다.

　모두가 크로노스의 '귀여운 노예'.

　크로노스가 구했던──크로노스가 구원을 받았던, 미소녀들.

　그런 그녀들에게 둘러싸여 크로노스는 자신의 가슴에 퍼지는 행복을 곱씹듯이.

　"그래, 나도──사랑한다고, 너희들! 후하하──앗!"

　"! ……예♡"

　함락된 미소녀들을 있는 힘껏 끌어안고, 최강 노예상은 계속하여 웃는 것이었다.

최강 **노예상**의

낙인마법과 **미소녀**함락

STIGMA MAGIC OF
THE SLAVE TRADER &
DEGENERATE BEAUTIFUL GIRL

Saikyo doreisho no rakuinmajutsu to bishojootoshi

Afterword 후기

최강 노예상의 미소녀 함락 조교 이야기, 제3권, 발매하게 되었습니다~!

　이렇게 이야기를 계속할 수 있는 것도 독자 여러분께서 응원해 주신 덕분…… 정말로 변함이 없긴 합니다만, 우선은 감사를 드리고 싶습니다.

　독자 여러분, 『최강 노예상의 낙인 마법과 미소녀 함락』 제3권을 손에 들어주시어 참으로, 참으로…… 감사합니다~~~!

　평소보다 조금 강하게 감사를 외쳤습니다만, 평소 이상으로 강한 것은 페티시즘 조교도 마찬가지. 미소녀 멍멍 산책 플레이, 마녀(?) 변신에 악의 괴인으로 변한 노예상…… 이런, 하츠미가 변태라는 사실이 들켜버리겠어?! (예, 새삼스럽지만요.)

　그런 어쩔 도리도 없는 페티시즘에, 그럼에도 kakao 님은 그야말로 평소 이상의 최고를 넘어선 일러스트로 응해주셨습니다.

　프리티도 섹시도 폭발적인 매력의 미려한 일러스트이면서도, 게다가 현재진행형으로 계속 진화하고 있는…… kakao 님께서 일러스트를 그려주신다는 사실이 본 작품에서는 최고의 자랑이라고 해도 과언이 아닙니다.

　자, 여러분도 함께…… 잔뜩 함락시킨 미소녀들의 조교 일러스트로 코에서 온몸의 피를 뿜어내죠──! (페티시즘이라는 이름의 깊은 업보에 너무 끌어들이는 게?)

여전히 페티시즘에 독자님도 관계자 여러분도 실컷 끌어들여 죄송합니다만…… 어차피 자중할 수 없다면 죄송함보다도 감사를 외치겠습니다.

독자 여러분, 관계가 여러분…… 항상 정말로 감사합니다~!

『최강 노예상의 낙인 마법과 미소녀 함락』은 제3권으로 일단 완결을 맞이합니다.

하지만 끝이 날 줄을 모르는 것이 페티시즘의 길. 새로운 페티시즘을 내걸고 가능한 한 빨리 돌아오겠으니, 부디 잘 부탁드립니다! 므흐흐★ (?)

자중하지 못하는, 도저히 어쩔 방도가 없는 페티시즘 작가입니다만, 계속해서 전력을 다할 터이니 앞으로도 어울려주신다면 행복하겠습니다~!

하츠미 요이치

최강 **노예상**의

낙인 마법과 **미소녀** 함락

STIGMA MAGIC OF
THE SLAVE TRADER &
DEGENERATE BEAUTIFUL GIRL

Saikyo doreisho no rakuinmajutsu to bishojootoshi

안녕하십니까.

본 작품의 번역을 맡은 역자입니다.

기본적으로 짧은 권수로 완결되는 이야기를 보면 참 아쉽습니다. 작가님의 노력이 미처 보상받지 못하는 것 같다고 할까, 하고 싶은 이야기는 아직 한참 더 있는데도 여기서 끝나는 상황이 안타깝다고 할까. 최근에는 이미 인터넷 연재 사이트를 통해 3권 이상의 분량이 있는 상태에서 출판이 시작되는 작품들도 많아서 더더욱 그렇게 느껴지는 걸지도 모르겠네요.

이 후기를 쓰고 있는 현재, 앞날개 페이지에서 말씀드렸다시피 집돌이들의 생활이 사회적으로 추천되는 묘한 일이 벌어지고 있습니다. 아무래도 직업상(?) 집돌이에 가까운 생활을 할 수밖에 없는 제 입장에서는, 사실 밖에도 좀 나가라는 말을 많이 듣다 보니 지금 같은 상황이 많이 낯서네요. 그래도 모쪼록 빨리 해결이 되어서, 다시 밖에 좀 나가라는 소리를 듣게 되었으면 좋겠습니다. 아, 딱 이 문장을 쓸 때, 또 재난문자가 오네요. 아이고야.

그럼 또 다른 이야기에서 다시 뵙기를 바라며 이만 마치겠습니다.

SAIKYO DOREISHO NO RAKUIN MAJUTSU TO BISHOJO OTOSHI 3
©Youichi Hatsumi, kakao 2019
First published in Japan in 2019 by KADOKAWA CORPORATION, Tokyo.
Korean translation rights arranged with KADOKAWA CORPORATION, Tokyo.

최강 노예상의 낙인 마법과 미소녀 함락 3

2020년 5월 24일 1판 1쇄 인쇄
2020년 6월　1일 1판 1쇄 발행

저　　　자 하츠미 요이치
일 러 스 트 kakao
옮 긴 이 손종근
발 행 인 유재옥
본 부 장 조병권
담당편집 정영길
편 집 1 팀 정영길, 김민지, 조찬희
편 집 2 팀 김다솜, 이본느
편 집 3 팀 오준영, 곽혜민, 김혜주
미　　　술 김보라
라이츠담당 김슬비, 한주원
디 지 털 박상섭, 박지혜, 이성호
발 행 처 ㈜소미미디어
인쇄제작처 코리아피앤피
등　　　록 제2015-000008호
주　　　소 서울 마포구 토정로 222, 403호(신수동, 한국출판콘텐츠센터)
판　　　매 ㈜소미미디어
마 케 팅 한민지, 권지수
물　　　류 허석용, 최태욱
전　　　화 편집부 (070)4164-3962, 3963 기획실 (02)567-3388
　　　　　　 판매 및 마케팅 (070)4165-6888, Fax (02)322-7665

ISBN 979-11-6507-692-4 04830
ISBN 979-11-6507-032-8(세트)